云烟过客

迟子建 著

浙江文艺出版社

总序

野草的呼吸

去年三月,雪花还未从北方收脚,寒流仍环绕冰城、不识相地穿街走巷时,盼春心切的我,一头扎进哈尔滨城郊的室内花卉市场,在姹紫嫣红的花中,选购了几盆色彩艳丽的四季海棠,抱回家中。

这一簇簇的海棠花儿,在窗前,在桌畔,就像迎春的爆竹,等待点燃。而悄无声息燃响它们的,就是阳光了。

在最初的一周,它们在日光中心思透明地大炫姿容,开得火爆。粉色的比朝霞还要明媚,鹅黄的娇嫩得赛过柳芽,橘色的仿佛通身流着蜜,火红的透着葡萄酒般的醇香,让人有啜饮的欲望。

居室春意盈盈，叫人愉悦。每日晨起，我都做早课似的，先阅花儿。我喝一杯凉白开，也给它们灌上一点生水。也许是浇水频繁的缘故吧，十多天后，我发现粉色的四季海棠首先烂了根，花儿做了噩梦似的，花瓣边缘浮现出黑边，像是生了黑眼圈。鹅黄的四季海棠叶片萎靡，花朵也蔫儿了。我以为它们缺乏营养，于是又浇花卉营养液。

可不管我怎样挽留，四季海棠去意已定，没有一盆不烂根的了，花茎接二连三倒伏，那一团团花朵，自绝于青春似的，香消玉殒。

我只得清理了残花败叶，沮丧地将花盆摞起，扔在阳台一角。

哈尔滨的春花，终于在四月中旬次第开放。先是迎春，接着是桃花、榆叶梅和樱花。李子树、杏树和梨树，紧随其后绽放，它们承担着坐果的使命，耽搁不得。再之后开花的，就是蔷薇和满城的丁香了。当丁香花释放着浓郁的香气，把哈尔滨变成一座大大的香坊时，爱音乐的人就聚集在松花江畔的斯大林公园了。拉手风琴和大提琴的，吹萨克斯和笛子的，莫不神采飞扬，激情荡漾。此时的松花江漂荡着谢落的榆树钱，它们挤挤挨挨在一起，涌动着向前，好像在为这春天的旋律鼓掌。

到了六七月，哈尔滨树上的花儿大都闭嘴了。不过不要紧，树下的草本花卉依附着大地，七嘴八舌地开了。园丁们栽培的郁金香、芍药、牡丹、鸢尾、玫瑰、石竹、瓜叶菊、孔雀草、凤仙花等等，一样千娇百媚，争奇斗丽。只是赏这样的花儿，人得一副奴隶的姿态，蹲伏着与其相视，不似与木本花卉比肩对望时，来得惬意。

但无论是树上还是树下的花朵，在去年都不如一盆野草带给我惊艳之感。

我不是把曾记录了四季海棠花事的花盆，弃在阳台角落了吗？虽说花叶无踪影了，可盆中残土犹存。暮春时分，一个午后，我去阳台晒衣服，无意间低头，发现这摞花盆的最上一盆，有银线似的东西在闪光。我凑近一看，原来是一棵细若游丝的草，从干硬的土里飞出来了！它已生长了一段时日了吧，有半根筷子长了。因为是从板结如水泥般的土里顽强钻出来的，缺光少水，它看上去病恹恹的，单细不说，草色也极为黯淡。

我想一棵草再折腾，也开不出花儿来，所以感慨一番，浇了点水，算是善待了它，由它去了。

那期间我忙于装修新居，忙于外出开会，在家时虽也去阳台舀米取面，晾衣晒被，但哪会顾及一棵草的命运呢？它就在无人的角落中，挣扎着活。直到七月下旬我参加香港书展归来，打扫阳台时，才发现它已成了气候。盆中的野草不是一棵，而是七八棵了，它们相互搀扶着，努力向上，疏朗有致，绿意荡漾。这盆不屈不挠成长的野草，终于打动了我，我把它搬到卧室的南窗前，当花儿养起来。

有了阳光的照拂，有了水的滋养，野草出落得比春花还要漂亮。它们像一把插在笔筒里的鹅毛笔，期待我书写些什么。有时我会朝它吹上一口气，看野草风情万种地起舞，将穿窗而入的阳光，也搅得乱了阵脚，窗前光影缭乱。有时我会含上一口清水，"噗——"的一声，将清水喷射到野草上，看它仿佛沐浴着朝露的模样。我就这样与野草共呼吸，直到哈尔滨的菊花，在浓霜中耷拉下脑袋，所有户外的花儿，在冷风中折翼，我居室的野草，依然自由舒展着婀娜的腰肢。它仿佛知道我嫌它不能开花似的，居然长出花茎，开出几株穗状的米粒似的花儿，如一面面耀眼的小旗子，宣誓着它的春天。

这盆欣欣向荣的野草，直到年底，才呈颓势。先是开花的草茎，变得干瘪，落下草籽。跟着是花盆外缘的野草，朝圣般地匍匐下身子。到了春节，野草大都枯黄，只有中央新生的草，仍是绿的。它就这样一边枯萎一边生新芽，所以直到如今，这盆野草，依然活着。

我从事文学写作三十余年了，小说应该是我创作的主业，因为在虚构的世界中，更容易实践我的文学理想。但我也热爱散文，常常会在情不自禁时，投入它的怀抱。它就像一池碧水，洗濯着尘世的我。这些不经意间写就的散文，就像我居室里的那盆野草，在小天地中，率性地生长，不拘时令，生机缭绕，带给我无限的感动和遐想。

当一个人的呼吸，与野草的呼吸融合在一起时，在寒刀霜剑的背后，在凉薄而喧嚣的世间，宁静与超然，安详与平和，善与慈，爱与美，就会在不老的四季中，缠绕在你的枝头，与你同在。

我愿将这样的野草，捧给亲爱的读者。

目　录

春天最深切的怀念

灯祭　/003

春天最深切的怀念　/009

悼三姨夫　/018

哑巴与春天　/023

挂雪的树枝不垂泪　/027

暗夜飞霞　/031

闹市中的大海　/034

一脉清流消逝　/037

落红萧萧为哪般　/042

不忍的句号　/049

看花的姿态

闲适的苏童 /069

迷舟的格非 /073

毕飞宇的少年心 /077

阿来的如花世界 /082

一朵乌云 /087

看花的姿态 /090

多美的夜色啊 /095

责编速写 /099

午夜的费穆与伯格曼 /105

一个人和三个时代

爱荷华的月亮 /111

素面朝天毕淑敏 /117

对方方的一次写生 /121

"白水青菜"潘向黎 /126

一个人和三个时代 /129

戴妮与吉安拉 /146

那一抹金秋的灰色 /152

我说我 /157

两个人的电影

编辑趣闻 /163

两个人的电影 /165

傻瓜的乐园 /170

摆旧书摊的老伯 /174

与周瑜相遇 /177

看不见的邮差 /182

云烟过客 /185

春天

最深切的

怀念　_____

　　　　　　　这是我送给父亲的第
　　　　　　　一盏灯。那灯守着他,
　　　　　　　虽灭犹燃。

灯　祭

父亲在世时，每逢过年我就会得到一盏灯。那灯是不寻常的。

从门外的雪地上捡回一个罐头瓶，然后将一瓢滚热的开水倒进瓶里，啪的一声，瓶底均匀地落下来，灯罩便诞生了。赶紧用废棉花将灯罩擦得亮亮的，亮到能看清瓶中央飞旋的灰尘为止。灯的底座是圆形的，木制，有花纹，面积比灯罩要大上一圈，沿边缘对称地钻两个眼，将铁丝从一只眼穿过去，然后沿着底座的直径爬行，再扎入另一只眼中，铁丝在手的牵引下像眼镜蛇一样摇摆着身子朝上伸展，两个端头一旦汇合扭结在一起，灯座便大功告成了。那时候从底座中心再钉透一根钉子,把半截红烛固定在钉子上。待到夜幕降临时,轻轻捧起灯罩,嚓地点燃蜡烛,敛声屏气地落下灯罩,你提着这盏灯就觉得无限风光了。

父亲给我做这盏灯总要花上很多工夫。就说做灯罩,他总要捡回五六个瓶才能做成一个。不是把瓶子全炸碎了,就是瓶子安然无恙地保持原状,再不就是炸成功了,一看却是一只猪肉罐头瓶子,怎么擦都混浊,只好弃了。

尽管如此,除夕夜父亲总能让我提到一盏称心如意的灯。没有月亮的除夕里,这盏灯就是月亮了。我怀揣着一盒火柴提着灯走东家串西家,每到一家都将灯吹灭,听人家夸几句这灯看着有多好,然后再心满意足地擦根火柴点燃灯去另一家。每每转回到家里时,蜡烛烧得只剩下一汪油了。

那时父亲会笑吟吟地问:"把那些光全折腾没了吧?"

"全给丢在路上了。"我说,"剩下最亮的光赶紧提回家来了。"

"还真顾家啊。"父亲打趣着我去看那盏灯。那汪蜡烛油上斜着一束蓬勃芬芳的光,的确是亮丽至极,将死的光芒总是灿烂夺目的。

过年要让家里里外外都是光明。所以不仅我手中有灯,院子里也是有灯的。院子中的灯有高有低。高高在上的灯是红灯,它被挂在灯笼杆的顶端,灯笼穗长长的,风一吹,唰唰响。低处的灯是冰灯,冰灯放在窗台上,放在大门口的木墩上,冰灯就能照亮它周围的一些景色,所以除夕夜藏猫猫要离冰灯远远的。无论是高出屋脊的红灯还是安闲地坐在低处的冰灯,都让人觉得温暖。但不管它们多么动人,也不如父亲送给我的灯美丽。

因为有了年,就觉得日子是有盼头的。而因为有了父亲,年也就显得有声有色。而如果又有了父亲送我的灯,年则妖娆迷人了。

年一过去后,新衣服就脱下来了,灯也收了,院子里黑漆漆的,那时候我就会望着窗外的雪花发怔,心想:原来一年之中只有几天好日子啊。人为了那几天充满光明的好日子,就要辛苦整整一年。嗨。

我一年年地长大了,父亲不再送灯给我,我已经不是那个提着灯串来串去的小孩子了。我开始在灯下想心事。但每逢除夕,院子里照例要在高处挂起红灯,在低处摆上冰灯。

然而父亲没能走到老年就去世了。父亲去世的当年我们没有点灯。别人家的院子灯火辉煌,我们家却黑漆漆的。我坐在暗处想:点灯的时候父亲还不回来,看来他是迷了路了。我多想提着父亲送我的灯到路上接他回来啊。爸爸,回家的路这么难找啊?

从此之后,虽然照例要过年,但是再也没有接受灯的那种福气了。

一进腊月,家里就忙年了。姐姐会来信叙说年忙到什么地步了,比如说被子拆洗完了,年干粮也蒸完了,各种吃食采买得差不多了,然后催我早点回家过节。所以,不管我身在西安、北京还是哈尔滨,总是千里迢迢地冒着严寒朝家奔。当然,今年也不例外。

腊月廿六我赶回家中,母亲知道这个日子我会回去的。因为腊月廿六要请父亲回家过年。

我们就去看父亲了。给他献过烟和酒,又烧(捎)了些钱,已经成家立业的弟弟就叩头对父亲说:

"爸爸,我有自己的家了,今年过年去儿子家吧,我家住在——"

弟弟把他家的住址门牌号重复了几遍,怕他记不住。我又补充说:"离综合商场很近。"父亲生前喜欢到综合商场买皮蛋来下酒,那地方想必他是不会忘的。

父亲的房子上落着雪,周围都是雪,还有树,有时从树林深处传来鸟鸣。太阳极端明亮。

我们一边召唤着父亲回家过年,一边离开墓地。因为母亲在姐姐家,所以弟弟也跟着来了。我们都喜欢姐姐家的孩子小虎,他刚过周岁,已经会走路了,非常漂亮。

一进门母亲就抱着小虎从里屋出来了。我点着小虎的脑门说:"把你姥爷领回来过年了。"

小虎乐了,他一乐大家也乐了。

当夜小虎哭个不休。该到睡觉的时辰了,他就是不睡。母亲关了灯,千般万般地哄,他却仍然嘹亮地哭着。直到天亮时,他才稍稍老实起来。

姐夫说:"可能咱爸跟到这来了,夜里稀罕小虎了。"

说得跟真事似的,我们都信了。

父亲没有看过他的外孙,而他生前又是极端喜欢孩子的。我们从墓地回来,纷纷到了姐姐家,他怎么会路过女儿的家门而不入呢?而他一进门就看见了小虎,当然更舍不得离开了。

母亲决定把父亲送到弟弟家去。

早饭后,母亲穿戴好后推起自行车,对父亲说:"孩子也稀罕过了,跟我到儿子家去过年吧。"

母亲哄孩子一般地说:"慢慢跟着走,街上热闹,可别东看西看的,把你丢了,我可就不管了。"

我心想:这回母亲要把父亲丢了,一定是丢到街上的酒馆了。

母亲把父亲送走的当夜,小虎果然睡了个安稳觉。第二天早晨起来他挨个屋子走了一遍,咕噜着,一双黑莹莹的眼睛东看西看的,仿佛在找什么,小虎是不是在想:姥爷到哪去了?

初三过后,父亲要被送回去了。我愿意请他回来,而永远不希望送他回去。天那么冷,他又有风湿病,一个人朝回走会是什么样的心情呢?

正月十五到了。这天是我的生日。二十八年前,一个落雪的黄昏,我降临人世了。那时窗外还没有挂灯,天似亮非亮,似冥非冥,父亲便送我一个乳名:迎灯。没想到我迎来了千盏万盏灯,却再也迎不来幼时父亲送给我的那盏灯了。

走在冷寂的大街上,忽然发现一个苍老的卖灯人。那灯是六角形的,用玻璃做成的,玻璃上还贴着"福"字,我立刻想到了父亲,正月十五这一天,父亲的院子该有一盏灯的。

我买下了一盏灯。天将黑时,将它送到了父亲的墓地。嚓地划根火柴,周围的夜色就颤动了一下,父亲的房子在夜色中显得华丽醒目,凄切动人。

这是我送给父亲的第一盏灯。

那灯守着他,虽灭犹燃。

春天最深切的怀念
——悼世君

二〇〇二年五月三日,是我经历的所有春天中最残酷、黑暗、绝情的一个日子。那天下午,我得知了爱人在奔赴塔河途中突遭车祸的噩耗,这对我来讲真的是晴天霹雳!事情已经发生半个月了,可我现在仍然认为这只不过是一场噩梦,世君还会醒来,还会打开家门,轻轻地走进来,微笑着对我说:"老婆,做的什么好饭?"

世君在哈尔滨开完省第九次党代会后正赶上"五一"长假,而我也在西安做完陕西卫视的《开坛》文化访谈节目赶回哈尔滨。大兴安岭一旦进入防火期,就像战士处于临战状态一样充满了紧张感。他惦记着塔河县的防火工作,不停地打电话向县里和山上各林场的领导询问防火情况。当他得知那一段虽然气温低，但风比较大之后，就对我说："我只能陪你过个'五一'，二号我就回去。"对他的这种极其认真的工作作风，我早已习惯了。如果不是因为我很快要到南方参加一个会议，我就会如以往一样陪他回去了。五月一日，哈尔滨天气晴好，我们一同到儿童公园游玩。他开玩笑说："我们是两个大儿童。"公园里桃花灿烂，他为我拍了一卷照片，在卸卷时，相机出现故障，无法再上第二卷，弄得我们很扫兴，想拍张合影的机会就没有了。我对他说："桃花易落，不在它跟前拍合影也好。"我哪里知道，桃花未落，充满朝气的他竟先走了！

我还记得五月二日那个春日融融的上午，我们去铁路局客票代售处买票，被告知当晚的旅游T475次快车的软、硬卧票已售完，有五月三日的。我当时格外高兴，对他说，你看火车都帮我留你，我这几天心脏又不太好，你明天走吧。他犹豫一下，问了一下当日下午由哈尔滨开往图里河的慢车票，售票员说慢车票有，他当即要买，被我制止了，我说你何苦坐慢车回去，再多陪我待一天吧。我还跟他开玩笑说，我是属龙的，我向着塔河方向吹一口气，那里就会落下一场雨，你不用担心会有火灾。没有买到票，我们就一同去新华书店，为他女儿买高考复习资料。从书店出来，已经快中午十二点了。他又一次提出要回塔河，说是在家的领导少，他放心不下。我只能快快不快地跟他到火车站，买了一张午后两点多的慢车票。车票订了下来，我们赶紧打车回家，我做了两个菜，他还兴致勃勃地跟我喝了一杯红酒，然后从房间提着他的旅行包走向门口。他每次离开哈尔滨的时候，总要拥抱我一下。他说："真对不起，把你一个人扔在家了。"我跟他开玩笑说："我在你的生活中总是位居第三，第一是工作，第二是女儿，第三才是我。"他笑着辩解说："哪能呢。"我说："怎么不是，你上了火车后仔细反省反省，是不是这样？"我看着他下了楼，关上门后，心里有种很空的感觉，便又跑到阳台像是有某种预感似的还想再看他一眼。当我看他走出了楼梯口，便喊了一声："小黄——"他听到了，站住，回头向我招了招手，笑着走了。这是他留给我的最后的笑，那么地明媚和柔情；这是他对我最后的招手，那么地亲切，又那么地绝情！到达加格达奇后，他在五月三日早晨去医院看望了一下因生眼疾而住院的女儿，就匆匆乘车赶赴塔河。中午十一点半左右，我还打通了他的手机，他对我说正行进在塔源到新林的途中，他嘱咐我中午做点好吃的，我则对他说你们就在新林吃午饭吧。这是我们最后的通话，我还能回忆起他略显疲惫的声音，谁料也就是十几分钟以后，他撒手人寰了。

赵琳大姐和张振华书记专程陪我登上由哈尔滨开往加格达奇的火车后，我不停地打电话询问正护送世君由新林返加格达奇的弟弟，我说："你仔细看着他，没准奇迹会发生，他会苏醒过来。"弟弟每次接到电话总要哽咽地对我说："二姐，他真的没气了，面对现实吧。"我一直心存一线渴望，我想他是一个正直、善良、有才学的人，他才四十四岁，老天不会对他如此不公吧？

五月四日一下火车，我就要求去太平房看望他。到了那里，我请求所有的人都离开，我想和他单独待一会儿。大家劝阻了一番，见我一再坚持，就答应了。见到他的那一瞬间，我浑身冰凉，他的面貌完好无损，甚至连擦伤的痕迹都没有，根本不像经历过惨烈车祸的人，他怎么就不能再召唤我一声了呢？！苍天啊！我对他说："世君，你后悔不后悔呀，你太认真了，你要是再多陪我一天，会有这样的事吗？你走了，你的位置还会有人抢着来坐，你把我抛下，谁来管我呢？"我是个克制力很强的人，但那一时刻我失声痛哭了！

回到北山宾馆，我想起他的眼睛还没有合上，就请求赵琳大姐午后再陪我去一次。赵琳大姐说，他已经死二十几个小时了，再为他合上眼睛是不可能的了。可我坚信我能让他安详地走。第二次来到太平房时，世君的二哥对我说："专业的整容师已经给揉过眼睛了，只能这样了。"我没有说什么，走到世君面前，用手轻轻抚摩他冰凉的额头和眼睛，跟他说了许多温暖亲切的话，就像哄一个孩子似的，他果然心满意足地合上了眼睛！在场的人无不为之震惊和动容！当我的手离开他的眼睛时，感觉他的睫毛在微微眨动，似乎是与我做最后的告别。

我和世君虽然结婚还不满四年，又是两地生活，但我们彼此关心、志趣相投。我对他的人品和他丰富的对历史、人文知识的掌握非常钦佩。只要我没有特别重要的活动，总是回到老家来陪伴他。每天他一下班，屋子已打扫得干干净净，饭菜也已做妥，他总是很知足地对我说：我真有福，娶了你这么个好老婆。他说总有人问他，你娶了个名人做老婆，她会做饭吗？听他的口气，很多人把我想象成那种只知道做事业，生活上一塌糊涂的女人。我们都热爱大自然，只要在故乡，每天晚饭后我们都要出去散步，他的内心世界也是极其丰富的，对自然界的风霜雨雪的变幻与我一样有着天然的敏感和感慨。我们最常去的是呼玛河边，他喜欢拣那些扁圆的石子打水漂，我则帮他数一共绽开了多少朵水花。每逢学校的寒暑假到来时，我会推掉一切笔会的邀请，赶回故乡带他如今已年满十八周岁的女儿，为她找辅导老师补习功课，有时与他女儿谈心到深夜，希望她能理解我对她的一番苦心，好好学习、朴素求实、不慕虚荣，可惜我付出了全部的爱，最终获得的却是苍凉。我们间偶有的争吵，几乎都因为对他女儿的教育。在工作上，他是一个认真、务实、讲究方法和学养的人。他几乎没有休过一个完整的双休日，常常修改会议讲话稿至深夜，就是去年在中央党校学习期间,他还利用"五一"长假,专程赶回塔河察看森林防火的工作,其实他完全可以带着我出去旅游的。他不讲究吃穿用,从来不下饭店与人称兄道弟地拉帮结派,是个有着清净心和独立人格魅力的人。他在黄岛挂职期间,我从海南岛参加完学术会议前去看望他,接待我的黄岛开发区的领导说,他们这来过许多挂职锻炼的干部,世君是第一个住职工公寓,并且与普通职工一样在食堂吃饭的人。他热爱学习,几乎没有一天不读书。他说中国加入世贸组织后,要求领导干部的素质更为全面一些,于是又捡起了英语,并考取了中央党校研究生院,学习法律。他喜欢下基层走访和调研,我曾经跟他去过几次乡村,当我对乡村的旖旎风光大加赞赏时,他想的却是农民未来的出路问题。他是一个很有思想的人。他去世之后,我才认真看了他的几篇文章,比如一九九〇年发表在《森林与人类》上的《协和,大森林的呼唤》,这是一篇颇有哲学意味的才华横溢的文章,字里行间浸透着他对大森林危机后造成的自然灾害的忧虑,在文章结尾,他写道:"要自觉地按自然规律办事,与天地合一,在无林地造林使之有林,在有林地经营使之更好。与自然界协同进化,共同发展,这是一个文明的社会不断进化的根本出路。"他还在一九八九年就写出了《浅谈合作开发苏联远东森林资源问题》,如今这种合作已经成为现实。他的《治水必先兴林》发在新华社内参后,引起了有关领导的高度重视。他严以律己,今年正月他父亲在大庆去世之后,他关掉手机,没有通知任何人,塔河县没有一个人来参加他父亲的葬礼。春节将至时,我们经常装作家中无人,把登门者"拒之门外"。我在清理他办公室的遗物时,发现了一本日记,那上面有这样几段话令我对他肃然起敬:"现在金钱关系无孔不入,一定要认真提防,宁肯得罪人也要拉下脸来。""你拒礼之后,送礼的人心里老大不舒服,他认为你对他不信任,有防备,他以后对你就心存戒备。""过年是个令人头疼的事,往往会因为拒礼而得罪一些人。"他在任期间,没有任何亲属在这里发过木材、做过买卖。他以基层工作为主,放弃了几次出国考察机会,一生中从未走出过国门。他从来都是先人后己,有时周末上班,他想让司机在家里睡个懒觉,就自己打"板的"(一种人力三轮车)去上班,所以他去世后,蹬"板的"的人都说:"黄书记要是在塔河出葬,我们也会去送送他。"他还常骑自行车上下班。他一九九七年由地委副秘书长兼办公室主任到任塔河县委书记时,仅有三十九岁,还是满头乌发。他走的时候,头发已白了许多。他曾连续多年被省委、地委授予"优秀党务工作者"称号,并亲自送走了两位被提拔的县长。就是他最后一次参加的这次省九代会,他也是全票当选的代表。世君走了,由我做决定,把他的骨灰安葬在生他养他的故乡——泰来县平洋乡。他的坟离他爷爷奶奶和父亲母亲的坟很近,我想那样他就不会孤单。他喜欢故乡的清风明月、牛羊庄稼、溪流河湾，他魂归故里，会获得永久的安宁和休息。大兴安岭是他热爱的土地，他把青春和事业都留给了这里，这里有他的幸福和快乐，也有他的辛酸和委屈。作为妻子，我深深地了解他的内心世界。他的悲剧的人生经历对我来讲是创作上的一笔"财富"，总有一天，我会写出这样一部书来告慰他。我记得当我清理完他办公室的遗物，把他办公室的钥匙卸下来交还给县委办时，我的泪水汹涌而出。我对着他坐过的那把椅子深深地鞠了一躬，我觉得他无愧于这把椅子。

我是坚强的，同时又是脆弱的。尽量忍着少在众人前流泪的我，回到故乡我们的屋子时，我看着这熟悉的场景和他用过的每一个物件，嗅着被子里还残存着的他身体的气息，真的是撕心裂肺、痛不欲生！每天泪眼蒙眬地望窗外的青山，更有一种如在梦中的感觉。人生是不是在做梦呢？

在世君的葬礼上，来了许多他生前的领导和朋友，他所尊敬的一位老领导为他的骨灰能顺利安葬在泰来做了精心安排，他的一些老同事闻听此讯后，专程从塔河、新林、阿木尔等地赶往加格达奇，我的一些文坛朋友也通过多种方式表达了对世君英年早逝的哀悼之情，还有一些省委和地区的领导打来电话表示慰问。在此我深表谢意。世君走后，我回到故乡看望突发心脏病的母亲，看到那些普通的老百姓挖来婆婆丁一袋袋地送到我母亲家,看到亲属们看我时的那种怜爱的目光,我觉得无限温暖。同时,我也感到某些官场中人明显的"人走茶凉"的那种"变脸"。世态炎凉,冷暖自知,这一切对我来讲都是最宝贵的人生积累,会让我受用无穷。我想我能挺过这一关的。我对他女儿未来的学习和生活做了妥善安置,对他的兄弟姐妹也表达了我的一番心意,我想他在天有灵,一定会有感知的。我为我的事业、亲人和好朋友,都会学得更坚强一些。世君,你安息吧!你消失在你最为喜欢的春天,你给我留下的是温暖。你能够永久摆脱尘世的纷扰,是一种彻底的解脱。我相信无限忠诚和善良的你在另一个世界会有福报。

当世君的遗体即将被火化时,我被人搀扶着最后一次去看他,我发自肺腑地对他说的最后的话是:

世君,一路走好。

我会永远怀念你!

悼三姨夫

我的三姨夫是一个老实巴交又内秀又怪僻的人。他近三十岁才娶到我三姨。他年轻时开拖拉机,后来开汽车,再后来便给单位烧锅炉。终日被烟熏火燎着,他肤色很黑,很粗糙。

三姨夫长得瘦高瘦高的,一双细眯的眼睛总是透出和善和笑意。他喜欢鼓捣一些小玩意,如把卫生所用过的小药瓶捡回来洗净,用万能胶将它们巧妙地粘连在一起,做成一盏精致台灯的底座。他还能在透明玻璃上画上风景画,只是他把松树和荷花画到了一处。三姨夫还会拉胡琴,这也是无师自通,他还能做面鱼、做灯笼。总之,我觉得他是一个内心世界极其丰富的人。

三姨夫不大爱说话，不嗜烟酒，最怕人劝他喝酒。他不知怎么很怕过年，按照我三姨的说法，一到过年他就"耍熊"。年三十的团圆饺子他通常是不吃的，要躺在土炕上蒙头大睡，任你如何喊他都不理不睬。而且他也不换新衣，就穿着平素穿的旧衣旧裤，皱巴巴的，仿佛别人虐待他。然而过年前他通常还是兴味十足的，他糊灯笼，剪挂钱，买炮仗、春联和年画，还能帮助我三姨做一些有趣的面食。他用各种模子扣出小鸟、蝴蝶、鱼的图案。然而到了除夕他的情绪却一落千丈，不吃不喝，不言不语，仿佛大众的快乐就是平庸的快乐，他不屑介入这快乐似的。

我爸爸在世时深知三姨夫的这种怪癖，所以总在年三十的当天打发我到三姨家去。三姨夫比较喜欢我，我一来他便从炕上起来，给我抓瓜子、花生和糖果，还领我去欣赏他糊的灯笼。他喜欢做走马灯，走马灯的八面侧壁上都贴有各种剪纸图案，微风一吹，走马灯唰唰旋转，气派至极。他爱美，而且唯美独尊，这在那一带的人中是极其独特的。一般来说，我只能缓解三姨家年三十时白天的气氛，三姨夫会张罗着弄一桌子菜，并且让我喝酒。那时我才十几岁，让喝就喝，通常是黄昏时喝得两腮绯红踩着雪回到家院。父母亲便询问三姨家过年的气氛，我便炫耀自己给他们带来的快乐，带着一份酒足饭饱后的得意。父亲和母亲便放了心，剁饺子馅剁得更有力，点灯笼的则打起了快意的口哨。然而到了年初二,三姨来串门的那一天,她通常是带着两个孩子来,三姨夫没有来。那时我便有些难过,觉得自己在外交上彻底失败。

我父亲去世后,我们全家迁到了县城。虽然离老家远了一些,也不过是十几里的山路。有一年汛期,河水猛涨,整个县城被浓雾包围着。向晚时分,三姨夫突然开着汽车来敲门,隔着门就喊:"这么大的雾,你们还待在家里,快坐车走吧。"

三姨家地势极高,假使我们县城全部淹了,那里也安然无恙。当时我和姐姐正闹别扭,坚持不走,气得他直叫着我们的乳名说:"小燕、迎灯你们真犟,你看看这么大的雾,你们就不走吧。"

后来我和姐姐都笑了。他从来不强迫人,我们不走,他也就不再坚持,他就是这么个人。

我参加工作后很少有机会能见到三姨夫,但是每年回家过春节总要去看他。他依然和善有怪癖,只是一年比一年苍老。去年冬天,他忽然来到哈尔滨,投奔他侄子的公司来开车,说是要挣些钱给他越来越大的两个儿子花。他的大儿子在天津当兵,小儿子上技工学校。他还存着老观念,为他们将来娶媳妇时攒些钱。等我过完元宵节返回哈尔滨去看他时,他正准备出车。他又黑又瘦,依然很和善地笑望着我,充满怜爱。他住在一间十分简陋的有六个人合住的工棚里,这使我很难过。阴历二月二的那一天，我便打电话请他来我这过节。他来了，穿一件平时不常穿的黑色呢子大衣。看到我生活得不错，他说他放了心了。吃饭时，我和他喝了两瓶啤酒，说到生活的种种艰辛，他的眼里竟有了星星点点的泪花。

饭后，我给他倒了杯茶，他坐在沙发上，书柜中的一些小摆设吸引了他，他欲去看，他在通向书橱的那块圆形羊毛花地毯前犯了踌躇，他大概怕弄脏了地毯，虽然说他当时穿着干净的拖鞋，他大步地跳了一下，跃过了地毯，这一跳使我格外心痛。

由于种种不痛快，他在哈尔滨没有多久便回了老家。之后他很快来了一封信，说为我感到荣耀，并且婉言劝我尽快找个人结婚。那封信错别字满篇，但是每一个字的笔画都是精心画过的，可以看出他是花了大力气写的。

五月的某一天，我情绪忽然有些极端反常，我心慌意乱，不由自主地惦记起老家。给家打了长途，接电话的是我姐夫，他的声音有些不大对头，他说："三姨夫出了事了。"

我问："他怎么了？"

姐夫说："让车撞了。"

我以为他还活着，便问："撞得怎么样？"

姐夫说："今天刚圆完坟回来。"

我竟一句话也说不出来了。我欲哭无泪。当天我早早就下了班，一个人回到舒适的家，躺在床上，看着对面的沙发，想着三姨夫当时从沙发跃过那块地毯的情景，我痛哭失声。

以往我春节回家时，会看到健在的父亲和三姨夫。后来父亲去世了，我便看父亲的坟。现在三姨夫也去了，今年春节回去也只能去看他的坟了。我是多么不愿意看到亲人们的坟啊。

哑巴与春天

　　最惧怕春风的,莫过于积雪了。

　　春风像一把巨大的笤帚,悠然扫着大地的积雪。它一天天地扫下去,积雪就变薄了。这时云雀来了,阳光的触角也变得柔软了,冰河激情地崩裂,流水之声悠然重现,嫩绿的草芽顶破向阳山坡的腐殖土,达子香花如朝霞一般,东一簇西一簇地点染着山林,春天有声有色地来了。

　　我的童年春光记忆,是与一个老哑巴联系在一起的。

　　在一个偏僻而又冷寂的小镇,一个有缺陷的生命,他的名字就像秋日蝴蝶的羽翼一样脆弱,渐渐地被风和寒冷给摧折了。没人记得他的本名,大家都叫他老哑巴。他有四五十岁的样子，出奇地黑，出奇地瘦，脖子长长的，那上面裸露的青筋常让我联想到是几条蚯蚓横七竖八地匍匐在那里。老哑巴在生产队里喂牲口，一早一晚的，常能听见他铡草的声音，"嚓——嚓嚓"，那声音像女人用刀刮着新鲜的鱼鳞，又像男人抡着锐利的斧子在劈柴。我和小伙伴去生产队的草垛藏猫猫时，常能看见他。老哑巴用铁耙子从草垛搂下一捆一捆的草，拎到铡刀旁。本来这草是没有生气的，但因为有一扇铡刀横在那儿，就觉得这草是活物，而老哑巴成了刽子手，他的那双手令人胆寒。我们见着老哑巴，就老是想逃跑。可他误以为我们把草垛蹬散了，他会捉我们问责。为了表示他支持我们藏猫猫，他挥舞着双臂，摇着头，做出无所谓的姿态。见我们仍惊惶地不敢靠前，他就本能地大张着嘴，想通过呼喊挽留我们。但见他喉结急剧蠕动，嗓子里发出呃呃的如被噎住似的沉重的气促声，却说不出一句话来。

　　老哑巴是勤恳的，他除了铡草、喂牲口之外，还把生产队的场院打扫得干干净净。冬天打扫的是雪，夏天打扫的是草屑、废纸和雨天时牲畜从田间带回的泥土。他晚上就住在挨着牲口棚的一间小屋里。也许人哑了，连鼾声都发不出来，人们说他睡觉时无声无息的。老哑巴很爱花，春天时，他在场院的围栏旁播上几行花籽，到了夏天，五颜六色的花不仅把暗淡陈旧的围栏装点出了生机，还把蜜蜂和蝴蝶也招来了。就是那些过路的人见了那些花儿，也要多望上几眼，说，这老哑巴种的花可真鲜亮啊，他娶不上媳妇，一定是把花当媳妇给伺候和爱惜着了！

有一年春天，生产队接到一个任务，要为一座大城市的花园挖上几千株的达子香花。活儿来得太急，人手不够，队长让老哑巴也跟着上山了。老哑巴很高兴，因为他是爱花的。达子香花才开，它们把山峦映得红一片粉一片的。人们说老哑巴看待花的眼神是挖花的人中最温柔的。晚上，社员们就宿在山上的帐篷里。由于那顶帐篷只有一道长长的通铺，男女只能睡在一起。队长本想在通铺中央挂上一块布帘，使男女分开，但帐篷里没有帘子。于是，队长就让老哑巴充当帘子，睡在中间，他的左侧是一溜儿女人，右侧则是清一色的男人。老哑巴开始抗议着，他一次次地从中央地带爬起，但又一次次地在大家的嬉笑声中被按回原处。后来，他终于安静了。后半夜，有人起夜时，听见了老哑巴发出的隐约哭声。

从山上归来后，老哑巴还在生产队里铡草。一早一晚的，仍能听见铡刀"嚓——嚓嚓"的声响，只不过声音不如以往清脆，不是铡刀钝了，就是他的气力不比从前了。那一年，他没有在场院的围栏前种花，也不爱打扫院子，常蜷在一个角落里打瞌睡。队长嫌他老了，学会偷懒了，打发了他。他从哪里来，是没人知道的，就像我们不知他扛着行李卷又会到哪里去一样。我们的小镇仍如从前一样,经历着人间的生离死别和大自然的风霜雨雪,达子香花依然在春天时静悄悄地绽放,依然有接替老哑巴的人一早一晚地为牲口铡着草料,但我们总觉得少了点什么。原来这小镇是少了一个沉默的人——

一个永远无法在春天中歌唱的人!

挂雪的树枝不垂泪

在我居室的下面，奋斗路的另一侧，原本是有两座平房的。一座是食杂店，另一座是酒店。食杂店铺着缝隙很大的木质的地板，走上去嘎吱嘎吱地响。货架也是木制的，动人的醋香味和暖洋洋的甜香气在黯淡的室内四处弥漫，给周围的平民百姓以许多方便。店的角落有一部公用电话，是黑色的拨盘电话，式样古老，与店的气息很协调。只要短了柴米油盐，我便踅进店里。而毗邻食杂店的酒店，却不曾光顾，只见它的门脸刻意装饰过，门前还吊着四盏红色宫灯。一排婆娑的柳树站在两座平房前，几乎与屋脊同高。

那时我有个天真的想法，平房永远是平房，而柳树年年长高，最终柳树会覆盖了那有着猩红色屋顶的平房，繁茂枝叶的加冕会使平房更加充满童话色彩。然而童话终归是童话，那两座平房忽然在一日间被拆得成为一片废墟，几辆卡车将碎砖裂瓦、废土朽木清理干净后，那里就可怕地成为另一座大厦的基地。那有着古朴情调的平房消失了，还有那一排我企望形成一片浓郁绿云的柳树也消失了。那天我站在楼上，发现对面横七竖八地躺着一片被砍伐了的柳树，白色的伤口分外夺目，而它们的枝条分明已经柔软了，毕竟春天近了。

平房消失了。柳树消失了。原本开阔的视野不久将被一座钢筋水泥建筑的大厦所遮挡。工地传来彻夜不息的打夯声。室内不得安宁，我便到图书馆寻清静去。

在读书气氛颇浓的社科阅览室，我被沙汀先生的《睢水十年》吸引住了。文中主要记叙一九三九年沙汀由延安返回四川一路上的所见所闻。连绵的战火、生活的困窘并没有使他们丧失对文学的信心。文中还提到了许多现当代文学中的知名人物，这些人大多已经作古。这样质朴亲切的叙述风格和文中所提到的那些已故的文学大师，不知怎的忽然让我想起已故的林予老师以及珍藏于我手中的他生前的几册藏书。

大约是前年，得知林予老师患了癌症，去年春天，就传来了他病情加重的消息。有一天在街上碰见小黑，她告知刚带女儿去医院看过林予老师。"消瘦得特别厉害，身体已经开始浮肿了。"小黑这样对我说。我心下戚然。我记忆当中的林予，是一个和善的神态怡然的长者，他宽厚的笑容和温和的话语给我留下了十分美好的印象。在是否探望林予老师的问题上，我矛盾了很久。是记住一个人生命旺盛时期的自然神态呢，还是记住一个人垂死前的非人的表情？我选择了前者。我更愿意记住一个人正常生活时的影子，那么在我的记忆中，他就是平静故去的。

林予老师去世后不久，冬天便来到了。我和左泓去看望林予的夫人赵润华老师。我们在江边下了车，沿着江岸的斯大林公园朝前走。那天气压很低，松花江还未完全封冻，黑褐色的树木披着密密实实的白霜，这高傲的延伸着的树挂使我们恍若走进一座充满哀悼气息的灵堂。没有四壁的灵堂，灵魂可以直接面对苍天、树影、朔风，想必灵魂也是自由的吧。

林予老师的遗像悬挂在书柜上。那正是我记忆当中的他，和善亲切、淡泊宁静。赵润华老师明显消瘦了，头上也有了白发。她拿出一捆书让我挑选一下，书是林予老师生前的藏书。我从中选择了几册：《黑龙江农事》《中国的垦殖》《苏联的远东地区》《垦殖学》等。其中的《垦殖学》是商务印书馆于民国二十四年出版的，扉页上有林予老师的签名以及购书日期——一九六二年东安市场。一九六二年，我还没有出生，而林予老师已经买到这本书为记述垦荒生活做准备了。

当我把这几册书提回居室，一本本地翻阅它们的时候，心情是十分复杂的。在《垦殖学》的插页中，林予老师在割稻器、施肥器、三段空心压土器的图形下面都用红笔画上了标记。让人想到他不是去当作家，而是一心一意要做个荷锄种谷的农人。书页里透出一股植物生长的气息，可以想见林予老师对待工作有多认真和严肃。这是一个文学前辈留给后人的最大遗产。

岁月的浮尘使那几册书纸页泛黄，时间多么无情，它销蚀了一个人的激情、爱情、亲情和才华。如果上帝因为给予了人的生命而要收回人的生命的话，那么上帝收回的只是人的凡身躯壳，上帝收不走人的精神成就。

从图书馆出来，听着建筑工地单调的打夯声，我又一次想起了初冬松花江岸那些美丽的树挂。如果是雨落在树上，树就会垂泪。而如果是霜雪落在树上，树就仿佛拥有了无数颗雪亮的白牙。能让人看见白牙，那树必定是灿烂地笑着。如果善良的人果真去了天堂，林予老师，您一定就会在天堂。现在又是哈尔滨开花的时令了，天堂也开花吗？

暗夜飞霞

已经有两位名女人离我们而去了,一个是邓丽君,一个是张爱玲。邓丽君死于暮春,那时节云朵灿烂,香气沉沉。张爱玲则告别于清秋,天高云淡,落叶萧萧,一如她的旷世之才和孤傲的性情。她们虽然一个猝死于壮年,一个无疾而终于老年,但有一个共同之处,那就是她们都死得格外寂寞。尤其是张爱玲,当人们推开她的屋门时,她已经去世几日了,她躺在地毯上似在沉睡,桌子上还摆着未完成的《小团圆》。

我爱听邓丽君的歌,爱读张爱玲的文章。邓丽君的情歌是凄艳的,而张爱玲的文章则是凄清的。邓丽君的相貌极像一个美极了的瓷娃娃,因而她的生命是易摧而短暂的。而张爱玲的相貌则生就一副可以千锤百炼的气质,因而她能历经沧桑。也许知道张爱玲的人不如知道邓丽君的人多——如她寂寞的死亡一样。可是我相信在知识界,每一个读过张爱玲作品的人听到她逝去的消息时,都会为之一抖。

她们的死亡还有一个共同点,那就是都死于海外。邓丽君是在漂泊途中,张爱玲虽然居于美国,但谁能肯定几十年来她的灵魂不在旧上海的街巷中沉浮呢?大概正因如此,她们的死是静悄悄的,因为她们的灵魂要悠闲和从容地"归乡"。

邓丽君的死曾掀起了一股"邓丽君热"。那一时节街头的录音带销售摊点天天放着《何日君再来》《恰似你的温柔》的歌曲。我在乘公共汽车、买菜或者散步时听到这歌声常常一阵心酸。而张爱玲则不一样,她那凄清动人的文字是无法变成声音让更多的人来接受的,因为文字只有在夜阑人静的灯下才变得熠熠生辉。风能传播歌声,邓丽君的灵魂在暖风中;云能望穿文字,张爱玲的灵魂在流浪的云里。

她们离开了,是两个美丽的富有才情的女人离开了。我的柜子里有邓丽君的磁带,我的床头放着张爱玲的书。我不愿意给她们分个孰高孰低,但我还是更偏爱张爱玲,一方面是由于我做着与她相同的职业,另一方面是由于她死于暮年。虽然我知道对于张爱玲这种参透人世的酸甜苦辣的人来讲,晚年更多的是寂寞和苍凉,但能在深居简出中多看几回人间的斜阳,却仍然是令人心动的。

人们都说伟人离开人世时天边会出现陨星,我想那是针对男人而言的。卓越的女人离开时,我想暗暗的夜空中会出现微红的霞光,以她们无与伦比的美丽作别人间。

闹市中的大海

我没有见过冰心先生,但我与她,有一次难忘的"梦中缘"。

二十年前,我在北京鲁迅文学院读书。那正是一个爱做梦的年龄。那个阶段的日记中,很多是关于梦境的记述。在梦中,最多见到的是风景,树呀花呀云呀河呀月亮呀山鹰呀等等,其次才是人。人中,已故的人居多,祖父呀父亲呀早夭的同学呀等等。有一天,我竟然梦见了冰心先生,直到如今,我还能清晰地忆起那个梦。

那是夏天的一个日子,天色昏暗,我独自走在北京曲里拐弯的胡同里。因为没有太阳,加之胡同杂乱、幽深,给人湿冷、阴森的感觉,走得很败兴。正在此时,我忽然看见一座青灰的四合院,它的院门敞开着,于是跨过门槛,走进院子。院子里恍惚有树,有花,有水池。进得屋子,里面静悄悄的,似乎一个人都没有。我正想着掉头而去的时候,却见临窗的藤椅里,坐着一个人。她头发花白,目光温和,面容素净,穿一件灰色对襟中式便服,微笑着看我。我在心里惊叫道:这不是冰心先生吗?她见了我,并没有说什么话,而是引我到窗前,轻轻撩起窗纱。我朝窗外一望,大吃一惊,哪里还有我走过的那些令人压抑的景致,一片蔚蓝的海竟然出现在眼前!我问冰心先生,北京不是没有海吗?为什么你的窗外是大海?我就在这样热切的询问中醒来了。

这个梦,好生奇怪,我把它说给同学于劲听。她帮我解梦,说是冰心先生在海边出生,依恋大海,所以我才会在她的窗外看见大海。于劲说,不管怎么的,梦中见到长寿的冰心和大海,都是吉兆。她的话令我安慰和喜悦。

都说,日有所思,夜有所梦。其实,在现代文学作家中,尤其是女作家中,我更偏爱张爱玲、萧红,甚至是丁玲。但冰心先生的文字风格,那种婉约中的俏皮,沧桑中的温暖,还是令我喜欢。她见诸报端的那一张张照片,端庄秀丽,宠辱不惊,一派大家风范。我相信,只有胸如大海的人,才会有那样恬淡安详的笑容。

现在回味二十年前的这个梦,别有深意。在一个喧嚣的环境中,只要你能保持独立的姿态,那么,即使身居闹市,也不会为浮尘所迷。只要你心灵广阔,大海就会在眼前。

一脉清流消逝

在中国现代文学史上，活跃于二三十年代的诗人的文学成就是比较高的。他们大都出身书香门第，有扎实的国学功底，又都留过洋，在各名牌大学执过教，对新诗的发展做出了卓越的贡献。我们所熟知的就有闻一多、徐志摩、戴望舒等。然而有一个人却无形中被我们忽略了，他就是朱湘。

朱湘之所以引起我的注意并不是由于他的诗，而是因为他的自杀。在儒道之教盛行的中国，自古文人在失意之后往往选择徜徉于山水之间的隐士生活，而选择自杀的却微乎其微。朱湘的自杀比起屈原和王国维，并没有引起广泛的重视和影响，也许是因为屈原和王国维的自杀带有悲壮的节烈色彩，他们都是殉国而死，而朱湘的自杀则看上去有些平淡，因为他死于灵魂的无可归依。屈原的死获得了一个"端午节"，成为世世代代的永久的纪念；王国维的殉清得到了"忠悫公"的谥号，尽管赐谥给他的清朝末代皇帝溥仪认为王国维的死主要由于他与姻亲罗振玉之争的失利，但是在知识界王国维的美誉却并未由此减色，而是与日俱增；只是朱湘，乘着一艘陈旧的船漂泊在从上海至南京的河流上，经历了失业、贫穷、婚姻的痛苦、友人间的龃龉、事业的苦辣酸甜的他终于在渐朗的黎明中纵身河水，化作一脉清流。朱湘曾在一首《残诗》中写道："虽然绿水同紫泥，是我仅有的殓衣，这样灭亡了也算好呀，省得家人为我把泪流。"这竟不幸成了诗人命运的写照。

朱湘曾是赫赫有名的"清华四子"之一，他性格孤傲，才华横溢，自尊自负，曾一度愤然退出清华大学，而后又被恢复学籍。他与闻一多由至交到决裂，而后又重拾友谊直至再次出现裂痕，都说明朱湘在个性上更接近于诗人气质。他在北平曾拜访过徐志摩的寓所，对徐家沙发上摞得高高的绸衣和奢侈排场很反感，这说明朱湘在骨子里更亲近质朴的乡情。所以徐志摩的作品像贵妇人华丽服饰上的流苏，而朱湘的作品毫无奢靡之气，他的代表作《采莲曲》可算作一个实证。

我曾经用三个夜晚拜读了朱湘的全部诗作，他的诗同他的自杀一样给了我同样的震动。他的多首十四行诗尤其令我喜欢。如他致霍桑（美国小说家，代表作《红字》）的那首诗的开篇："如其我能有你的那座苔屋，日里在廊前看暖色逗清幽；晚上读书，或许，陪伴着朋友，听栗子与柴薪对语在墙炉……"再如："湖里的便是岸上的山；不过那青翠倒影而下，在水里显得生动、变化，像恋爱的形影在心坎。要翠环映出白的手指……没有山，这湖水在薄暮，由哪里去染嫩绿、藤黄？"

毋庸讳言，朱湘的才华是卓尔不群的。他的绝大多数诗作都是抒发个人情怀，而且也大都属于他的成功诗作。他涉及民族气节和政治的一些作品则看上去言之无味，平平淡淡，这说明朱湘的内心更为关注的是人类共有的永恒的情感，而这又恰恰是一个伟大作家所应具备的思想行为。比之闻一多的《红烛》和《死水》，朱湘的诗显得纤巧、柔弱、单纯，他不是那种发呐喊之声的诗人，而是一个极度敏感和忠于自我的人，他的声音因为独特而显得微弱，因而极易消失和被忽视。

《采莲曲》被公认为朱湘的代表诗作，也是作者引以为自豪的诗作，所以当年它在《诗镌》发表未被排在显要位置时，朱湘曾打电话大声斥责杨世恩，以泄心中不平，可见他对这首诗的钟爱和他的诗人气质。《采莲曲》是一首形式工整而又自由活泼的不可多得的清新之作，整首诗洋溢着对生活的热情和乐观态度："小船呀轻飘，杨柳呀风里颠摇；荷叶呀翠盖，荷花呀人样娇娆。日落，微波，金丝闪动过小河。左行，右撑，莲舟上扬起歌声……薄雾呀拂水,凉风呀飘去莲舟。花芳,衣香,消溶入一片苍茫;时静,时闻,虚空里袅着歌音。"这首诗称得上唯美,读它时我的眼前会闪现出中国山水画的风韵。朱湘有理由看重它,因为它仿佛是一个孩子童真般的梦呓,对于任何诗人,能够从容地进入这种境界在一生中都是难得一遇的。

朱湘在娶妻生子后又经历了几年海外求学生涯,漂泊无定的生活始终使他的精神处于一种流浪状态。在芝加哥大学,他重演了退出大学的一幕,他忍受不了学校的沉闷之气。朱湘对他不喜欢的事物的全然拒绝固然证明了作为一个诗人的纯粹和透明度,但也从另一个方面暗示出他的脆弱和适应能力之差。当他在海外孤独无依、几乎难以维持日常生活时,闻一多又向他伸出宽容之手,邀他归国后去安徽大学执教。朱湘一生过得最平静和幸福的一段生活就是在安庆的几年。之后他又故态复萌,开始讨厌大学,加之经济陷入拮据,使他有了无票上船被查出而遭白眼和讥笑的一段经历,这种彻底的落魄使朱湘的自尊陷入万丈深渊,这对他是致命的一击。朱湘在这种绝望的生活环境中如果有家庭这个温暖的退避之所,也许情况会稍有好转,而此时他又与霓君心生隔阂。朱湘在自尊被剥蚀殆尽之后,便一无所有了,他自然而然就看见了生命的尽头。

朱湘其实非常渴望他的诗作会带给他世俗的一些利益和回

报，这隐喻着诗对于他并不完全属于维系他生命的呼吸，所以他能在一切都不合心意时断然放弃生命和诗歌。有人分析朱湘的自杀是由于当时的战乱和社会的黑暗所致，在我看来更多地源自他的性格悲剧。要知道在和平年代也有自杀的诗人。朱湘的死也向我们证明，即便是一个艺术家，他的承受能力也是有限的，世界上没有不可放弃的东西。

朱湘实现了自己化作紫泥的愿望。他死得无声无息。他的有限的诗作已达到了超凡脱俗的境界，可惜它没有得到发展，这是使我深为遗憾而要写这篇文章的动机。我很欣赏朱湘早期的那首《废园》："有风时白杨萧萧着，无风时白杨萧萧着，萧萧外更听不到什么。野花悄悄地发了，野花悄悄地谢了，悄悄外园里更没什么。"

我怀念那个三十年代付诸清流的人，那个自卑又自负的人，那个集翻译、编辑和著述于一身的才华卓绝的人。怀念他曾有的而我正在经历的憧憬和叹息。

落红萧萧为哪般

萧红出生时，呼兰河水是清的。月亮喜欢把垂下的长发，轻轻浸在河里，洗濯它一路走来惹上的尘埃。于是我们在萧红的作品中，看到了呼兰河上摇曳的月光。那样的月光即使沉重，也带着股芬芳之气。萧红在香港辞世时，呼兰河水仍是清的。由于被日军占领，香港市面上骨灰盒紧缺，端木蕻良不得不去一家古玩店，买了一对素雅的花瓶，替代骨灰盒。这个无奈之举，在我看来，是冥冥之中萧红的暗中诉求。因为萧红是一朵盛开了半世的玫瑰，她的灵骨是花泥，回归花瓶，适得其所。

香港沦陷，为安全计，端木蕻良将萧红的骨灰分装在两只花瓶中，一只埋在浅水湾，如戴望舒所言，卧听着"海涛闲话"；另一只埋在战时临时医院，也就是如今的圣士提反女子中学的一棵树下，仰看着花开花落。

我三月来到香港大学做驻校作家时，北国还是一片苍茫。看惯了白雪，陡然间满目绿色，还有点不适应。我用晚饭后漫长的散步，来融入异乡的春天。

从我暂住的寓所，向南行五六分钟吧，可看到一个小山坡。来港后的次日黄昏，我无意中散步到此，见到围栏上悬挂的金字匾额是"圣士提反女子中学"时，心下一惊，难道这就是萧红另一半骨灰的埋葬地？难道不期然而然间，我已与她相逢？

我没有猜错，萧红就在那里。

萧红一九一一年出生在呼兰河畔，旧中国的苦难和她个人情感生活的波折，让她饱尝艰辛，一生颠沛流离，可她的笔却始终饱蘸深情，气贯长虹。萧红留下了两部传世之作——《生死场》和《呼兰河传》，前者由鲁迅先生作序，后者则是茅盾先生作序。而《生死场》的原名叫《麦场》，标题亦是胡风先生为其改的。可以说，萧红踏上文坛，与这些泰斗级人物的提携和激赏是分不开的。不过，萧红本来就是一片广袤而葳蕤的原野，只需那么一点点光、一点点清风，就可以把她照亮，就可以把她满腹的清香吹拂出来。

萧红在情感生活上既幸运又不幸。幸运的是爱慕她的人很多，她也曾有过欢欣和愉悦；不幸的是真正疼她的人很少。她两度生产，第一个因无力抚养，生下后就送了人；而在武汉生下第二个孩子时，萧红身边，却没有相伴的爱人，孩子出生不久即夭折。婚姻和生育，于别人是甜蜜和幸福，可对萧红来说，却总是痛苦和悲凉！难怪她的作品，总有一缕摆不脱的忧伤。

萧红与萧军在东北相恋，在西安分手。他们的分手，使萧红心灰意冷，她东渡日本。那期间，她的作品并不多，有影响的，应该是短篇小说《牛车上》。赴日期间，鲁迅先生病逝，这使内心灰暗的她，更失却了一份光明。萧红才情的爆发，恰恰是她在香港的时候，那也是她生命中的最后岁月。《呼兰河传》无疑是萧红的绝唱，茅盾先生称它为"一幅多彩的风土画，一串凄婉的歌谣"，可谓一语中的。她用这部小说，把故园中春时的花朵和蝴蝶，夏时的火烧云和虫鸣，秋天的月光和寒霜，冬天的飞雪和麻雀，连同那些苦难辛酸而又不乏优美清丽的人间故事，用一根精巧的绣花针，疏朗有致地绣在一起，为中国现代文学打造了一个独一无二的"后花园"，生机盎然，经久不衰。

萧军、端木蕻良和骆宾基，这几个与萧红的情感生活紧密相连的男人，在萧红故去后，彼此责备。萧红身处绝境，一盏灯即将耗掉灯油之际，竟天真地幻想着尚武的萧军，能够天外来客一样飞到香港，让她脱离苦海。萧红临终前写下的"半生尽遭白眼冷遇……身先死，不甘，不甘"，可以说是她对自己凄凉遭遇的血泪控诉！事实是，萧红去了，但她的作品留下来了，她用作品获得了永恒的青春！

我想起了多年以前，追逐着萧红足迹的美国著名汉学家葛浩文先生，对我讲起他当面指责端木蕻良辜负了萧红时，端木突然痛哭失声。我想无论是葛浩文还是我们这些萧红的读者，听到这样的哭声，都会报之以同情和理解。毕竟，那一代人的情感纠葛，爱与痛，欢欣与悲苦，只有他们自己最清楚。端木蕻良能够在风烛残年写作《曹雪芹》，也许与萧红的那句遗言不无关系："我将与蓝天碧水永处，留下那半部《红楼》，给别人写了。"而且，按照端木蕻良的遗嘱，他的另一半骨灰，由夫人钟耀群带到了香港，埋葬在圣士提反女校的树丛中，默默地陪伴着萧红。只是岁月沧桑，萧红那一抔灵骨的确切埋葬地，没人说得清了。只知道她还在那个园子里，在花间树下，在落潮声里。

萧红在浅水湾的墓，已经迁移到广州银河公墓，而她在呼兰河畔的墓，埋的不过是端木蕻良垵仔卜米的她的一缕青丝而已。一个人的青丝，若附着在人体之上，岁月的霜雪和枯竭的心血，会将它逐渐染白；而脱离了人体的青丝，不管经历怎样的凄风苦雨，依然会像婴孩的眼睛一样，乌黑闪亮。

圣士提反女子中学规模不大，但历史悠久，据说范徐丽泰和吴君如就毕业自这里。它管理极严，平素总是大门紧锁。有一天放学时分，趁学生们出来的一瞬，我混进门里。然而一进去，就被眼尖的门房发现，将我拦住。我向她申明来意，她和善地告诉我，萧红的灵骨确实在园内，只是具体方位他们也不知道。如果我想进园凭吊，需要与校方沟通。她取来一张便条，把联系人的电话给了我。我怅惘地出园的一瞬，忽闻一阵琴声。循声而望，那座古朴的米黄色小楼的二层，正有一个梳短发的女孩，倾着身子，动情地拉着小提琴。窗里的琴声和窗外的鸟鸣呼应着，让我分不清鸟鸣是因琴声而起呢，还是琴声因鸟鸣才如泣如诉。

我没有拨那个电话。在我想来，既然萧红就在园内，我可以在与她一栏之隔的城西公园与她默然相望。圣士提反，是首位为基督教殉难的教徒，他是被异教徒用石块砸死的。以他的名字命名的女校，有一股说不出的悲壮，更有一股说不出的圣洁。其实萧红也是一个虔诚的教徒，只不过她信奉的教是文学，并且也是为它而殉难。她在文学史上的光华，与圣士提反在基督教历史上的光华一样，永远不会泯灭。

清明节的那天，香港烟雨蒙蒙。黄昏时分，我启开一瓶红酒，提着它去圣士提反女子中学，祭奠萧红。我本想带一束鲜花的，可萧红在园内四季有鲜花可赏，那红的扶桑和石榴，紫色的三角梅和白色的百合，都在如火如荼地盛开着。萧红是黑龙江人，那里的严寒和长夜，使她跟当地人一样，喜欢饮酒吸烟。我多想洒一瓶呼兰河畔生产的白酒给她呀，可是遍寻附近的超市，没有买到故乡的酒。我只能以我偏爱的红酒来代替了。

复活节连着清明，香港的市民都在休长假，圣士提反女校静悄悄的。我在列堤顿道，隔着栏杆，搜寻园内可以洒酒的树。校园里的矮株植物，有叶片黄绿相间的蒲葵，有油绿的鱼尾葵，还有刚打了骨朵的米仔兰。我把它们轻轻掠过，因为它们显然年轻，而萧红已经去世六十八年了。最终，我选择了两棵大树，它们看上去年过百岁，而且与栏杆相距半米，适合我洒酒。一株是高大的石榴树，一棵则是冠盖入云、枝干遒劲的榕树。铁栏杆的缝隙，刚好容我伸进手臂。我举着红酒，慢慢将它送进去，默念着萧红的名字，一半洒在石榴树下，另一半洒在树身如水泥浇筑的大榕树下。红酒渐渐流向树根，渗透到泥土之中。它留下的妖娆的暗红的湿痕，仿佛月亮中桂树的影子，隐隐约约，迷迷离离。

洒完红酒，我来到圣士提反女校旁的城西公园。一双黑色的有金黄斑点的蝴蝶，在棕榈树间相互追逐，它们看上去是那么的快乐；而六角亭下的石凳上，坐着一个肤色黝黑的女孩，她举着小镜子,静静地涂着口红。也许,她正要赶赴一场重要的约会。如今的香港,再不像萧红所在之时那般的碧海蓝天了,从我居所望见的维多利亚港和它背后的远山,十有七八是被浓重的烟霭笼罩着。大海这只明净的眼,仿佛患上了白内障。而圣士提反女校周围,亦被幢幢高楼挤压着。萧红安息之处,也就成了繁华喧闹都市中深藏的一块碧玉。不过,这里还是有她喜欢的蝴蝶,有花朵,有不知名的鸟儿来夜夜歌唱。作为黑龙江人,我们一直热切盼望着能把萧红在广州的墓,迁回故乡,可是如今的呼兰河几近干涸,再无清澈可言,你看不到水面的好月光,更看不到放河灯的情景了。我想萧红一生历经风寒,她的灵骨能留在温暖之地,落地生根,于花城看花,在香港与拉琴的女生和涂红唇的少女为邻,也是幸事。更何况,萧红临终有言,她最想埋葬在鲁迅先生的身旁。

走出城西公园,我踏上了圣士提反女校外的另一条路——柏道。暮色渐深,清明离我们也就越来越远了。走着走着,我忽然感觉头顶被什么轻抚了一下,跟着,一样东西飘落在地。原来从女校花园栏杆顶端自由伸出的扶桑枝条,送下来一朵扶桑花。没有风,也没有鸟的蹬踏,但看那朵艳红的扶桑,正在盛时,没有理由凋零。我不知道,它为何而落。可是又何必探究一朵花垂落的缘由呢!我拾起那朵柔软而浓艳的扶桑,带回寓所,放在枕畔,和它一起做星星梦。

不忍的句号

一个幅员辽阔的国家,春光注定是参差不齐的。三月,我离开故乡时,它还是一世界的白雪,可是到了广东,花间已是落英缤纷了。一个似晴非晴的日子,在《佛山文艺》主编文能的陪同下,我来到了南海丹灶镇的苏村,拜谒康有为故居。

一入苏村,看到的是一幅安恬的乡村生活图景:青砖的民居旁蜷着打盹的狗,荷花在水塘里静悄悄地开,挎着菜篮的妇女缓缓地通过石桥,耕牛在树下休憩,这一切,似乎都与我心目中康有为出生地的情景大相径庭,它是那么的和风细雨、欣欣向荣,没有丝毫的荒凉之气、沧桑之气。青少年时代生活在这里的康有为,其心中日益积聚的政治"风暴",缘何而来?

这故居原名叫"延香老屋",是一座一厅两房两廊的普通的民居,面积不大。至一八五八年康有为出生时,康氏家族已有五代人在此生活。据说是防匪的原因,那个时代建造的屋子不见高窗,屋顶只开有拳头般大的方孔,天光就是从这儿进射到屋内的。这样的方孔,就是一道光明的飞瀑。想当年,少年康有为正是借着这一束蓬勃的天光,发奋苦读,孜孜以求的。这道光明开启了他的心智。

我对康有为的了解,基本上限于历史教科书上的"定义",他发起了"公车上书"运动,是中国近代史上的启蒙主义思想家。至于他个人的内心经历,不甚了了。在大多数知识分子的心目中,一个艺术家的风华,是高于一个政治上的风云人物的,哪怕他推动了历史的进程。其实,这也是一种偏见。

看过康有为故居,我很想走近他,了解他。于是,从春光中千里迢迢飞回苍茫的冻土带后,我在雪光和寒流中翻阅关于康有为的书籍,以及他的文选。上个世纪的风雨,顺着康有为命运的轨迹,就这样朝我袭来了。

康氏家族是有"投笔从戎"的传统的,其叔祖康国器在咸丰、同治年间镇压过太平军,当上了广西护理巡抚。其父康达初也是连年征闽,平定叛乱。可以说,康有为发蒙读书时,萦绕耳际的除了诵读"四书五经"的声音,还有异乡战事中兵戈相击的声音。这一"士"风与另一"仕"风的交汇,影响了康有为的人生，他日后心中积聚的政治风暴，与这两股风的吹拂有关。同大多数孩子一样，康有为在私塾习的是八股文，家族自然也期望他将来能在科举考试中一举中第，光宗耀祖。然而天性自由的康有为对陈腐的八股文难以喜欢，他在十四岁第一次参加童子试时不中，第二年又不中。崇尚儒学的祖父康赞修特意请来了名师，教他八股，然而康有为长进不大，至十九岁乡试时再次落第。

康有为的人生转折，与朱次琦先生是分不开的。乡试不中后，郁闷的康有为来到了当地著名的礼山草堂，成为九江先生门下的学子。朱次琦是道光年间的进士，咸丰初年曾在山西做过知县，引疾辞官后，他在家乡创办了学堂。朱次琦不是简单的私塾先生，他精通历史，崇尚理学，著述丰富，具有大家风范。他的出现，为康有为的思想世界打开了一扇窗。读史令他大开眼界，康有为自此立下了"谢绝科举之文、土芥富贵之事""以圣贤为必可期"的人生理想。应该说，朱次琦是一座灯塔，指引了康有为的学海之航。他读顾炎武的《日知录》、赵翼的《廿二史札记》，以及《周礼》《尔雅》《说文》《楚辞》《杜诗》《后汉书》等。师从朱次琦的当年，康有为结婚；次年，对他影响甚大的祖父猝然离世，康有为的人生开始了一波三折，他的读书也由沉迷渐渐走向了怠倦。朱次琦推崇韩愈，注重学问，而生性叛逆的康有为认为韩愈之文缺乏"道术"，也就是说没有深刻的思想，空洞无物。见解的差异，呈现出的其实是信仰和志向的不同，康有为的人生之舟，自然会偏离朱次琦这座灯塔，求新的他也注定要开辟自己的"求道"旅程。

当时的中国，内忧外困，康有为曾在诗中写道："道丧官私惟帖括，政芜兵食尽虚名"，"山河尺寸堪伤痛，鳞介冠裳孰少多"。他痛恨朝野的"不作为"和软弱，痛恨洋人蚕食祖国的疆土。这不安和愤懑压迫着他，难以解脱。康有为似乎迷途了，他一度遁入风景秀丽的西樵山，在白云寺里静坐养心，修炼方术，遍读经书，以期找到出路。康有为的大弟子梁启超，曾对老师这一段的静修生活给予过高度的评价："森然有天上地下唯我独尊之概。先生一生学力，实在于是。"康有为的西樵山静坐，其实是想把自己幻化为一支可以烛照人生的蜡烛，这样他面对沉重的黑暗时，内心会有勇气。静坐肯定是增长定力和智慧的，康有为走出西樵山时，开始了更广博的读书，他的阅读没有局限于历史、文学方面，而是扩展到自然科学上，如算学、地理、物理、天文学等。同时，他还对西学产生了浓厚的兴趣。他依据"以地绕日一周之故"，欲将"年"改为"周"，三百六十五天为一周，十年也就是十周，这些看似异想天开的提法，其实是以自然规律的变化为基础的。他从显微镜下看到物体能被放大成千上万倍，视虱如轮，观蚁如象，而悟出大小齐同、大小无定而无尽的道理。康有为感叹道："不知天之为一蚁乎,蚁亦一天乎?"这大概就是他日后提出人类平等、大同的理论基础。

从这些细节上看,康有为不是一个死读书的人。他喜欢诘问,喜欢求新。他总是期待他的想法能得到世人的承认和响应,期待他内心的波澜能波及现实,激荡起潮汐。否则,他不会发起"公车上书",也不会为了实现自己的愿望,创建强学会、保国会、保皇会等。喜欢结社,就是喜欢风雷,喜欢感天动地的呼唤。

西学的科学民主与人道精神的渗透,与中国传统的儒学思想的滋养,使康有为视野开阔起来,野心滋长,他恍然觉得"道"已在心中,雄心勃勃地要写作《万身公法》,欲对古往今来行为准则的利弊得失做一番梳理,从而制定出一套更为合理的标准,这套卷帙浩繁的著作按他的设想包括《实理公法全书》《公法会通》《祸福实理全书》《地球正史》《万国公法》《各国字典》《各国律例》《地球学案》等等,从这些书名可以看出来,能完成其中的一卷,都可能要一个人穷其一生的智慧与思考,它需要撰者富有丰富的学识、过人的勇气以及严谨的治学风格,而康有为其实并不具备这全面的素质。他备好了火种,可惜没有可供充分燃烧的柴薪,这团火只能在刹那间熄灭,流于空想。尽管如此,从他完成的部分篇什中,还是可以看出他的一些进步思想,比如他关于"孝"与"慈"的说法:

父母不得责子女以孝，子女不得责父母以慈。关于男女之爱，他认为爱则聚，不爱则散，不得用立法以约束，指出如果不爱而强行嫁娶是犯罪。在礼仪方面，比如作揖、下跪、握手等，康有为提出无论仪式的繁简，都要以医生的判断为准则，对人体有益则存，有损则舍。由此出发，他指出"以天下为一家，中国为一人，血气相通，痛痒觉焉"，希望全人类的人能够相通相爱。可见，他的思想是唯人性的、进步的。这也是他改良思想的体现。

康有为是个胸怀天下的人，他具有领袖欲。他的这种情怀，使他愤世嫉俗，不会安于现状。他注定要走出书斋，走向"革命"，成为名闻天下的人物。

一八八八年，康有为离开故乡，向着京师北行。以应试的名义，开始了他维新变法的旅程。初到京师，康有为拜谒十三陵，登长城，在政治旋涡的中心发出了"国势日蹙，中国发愤，只有此数年闲暇，及时变法，犹可支持，过此不治，后欲为之，外患日逼，势无及矣"的慨叹。在一个以君权制为主的社会中，变法必须要通过皇上的钦定方能施行，而康有为对专制的君权制的弊端并没有清醒的认识。在他眼里，君主一颦笑如日月之照临，一喜怒如雷雨之震动，卷舒开合，抚天下于股掌之上，可见他对君权是信赖和崇拜的。一介布衣的康有为，见皇上自然比登天还难，他只能求助于能接近皇上的人：时任工部尚书的潘祖荫，吏部尚书徐桐，以及同治、光绪两朝的帝师翁同龢。这三人中，徐桐视康有为为草莽，将三次登门的他拒之门外。翁同龢呢，身尊位重的他在最初根本没有把康有为放在眼里，康有为也只能徘徊在高门之外。只有潘祖荫答应了康有为的求见。但潘祖荫并不欣赏康有为的变法主张，尤其厌恶他为自己设计的"哭谏"之法、"辞官"之举，草草打发了他。碰壁的康有为极度失望，他不再把希望寄托在这些王公贵卿身上，而开始奋笔疾书，大胆地直接上书于皇帝，拟写了《上清帝第一书》。康有为写道："臣到京师来，见兵弱财穷，节颓俗败，纪纲散乱，人情偷惰，上兴土木之工，下习宴游之乐，晏安欢娱，若贺太平。"针对这种糜烂混乱的社会现状，他发自肺腑地提出了"变成法、通下情、慎左右"的政治主张。应该说，这是一个合理而进步的主张。然而这一番慷慨陈词怎么能被皇上看到，又是一个巨大的难题。按照规矩，身为科道之官或四品以上的堂官才可以直接上奏，否则，需要请人代奏。康有为只能又回到老路，求助于徐桐和翁同龢。徐桐看了康有为的上书后，称其为"狂生"，斥之不理。主管国子监的翁同龢呢，他对这份上书的评价是："语太讦直，无益。"康有为再次碰壁。他内心的愤懑和苍凉在一首诗中体现得淋漓尽致："海水夜啸黑风猎，杜鹃啼血秋山裂。虎豹狰狞守九关，帝阍沉沉叫不得。"

叩帝门无望，康有为并未彻底绝望，他采取迂回之策，联络京城那些与他志向相投的京官，让他们代言。其中就有时任都察院御史的湖北人屠仁守。屠仁守对政治改良抱有热情，敢于直言相谏。通过他，康有为代拟了几件奏折，由他上呈。比如请求朝廷广开言路的《请开言路折》，就修建铁路发表个人见解的《请开清江浦铁路折》，痛斥在海军捐款中买官行为的《请停海军捐折》，以及希望光绪帝亲政澄明的《请醇亲王归政折》等。个别奏折递到朝廷，起了些微波澜，但大多沉入死水，阒然无声。但不管怎么说，屠仁守毕竟是一条连接康有为与朝廷的脐带，可是这条脐带很快就被专权的慈禧太后剪断了，屠仁守以"逞臆妄言，乱紊成法"的罪名被革职，这样，康有为失去了唯一可以进言的渠道，他似乎已无路可走。像当年在西樵山隐遁一样，康有为重回书斋，沉迷于金石碑刻，研习书法，并写就了一本关于书法的著作《书镜》。《书镜》是康有为的一次疗治心灵创伤的远足，当他身上恢复元气时，他注定不会再流连于这条路上的风景，尽管它是那么的秀丽。《书镜》完成，他又一次参加了顺天府的乡试，落第后开始南归。

可以说，康有为是乘兴而来，败兴而归。京师"上兴土木，下通贿赂"的腐败现状如一潭泥沼，弄脏了他的双足，可是又没有一盆至清之水可为其洗濯，让他难以畅快，因而离别之际他曾负气地发出了"专意著述，无复人间世志意矣"的誓言。然而以康有为的秉性和志趣，这只是一句气话罢了。

康有为一路游览，回到广东后，结识了廖平。廖平长于经学，治学善变，著有《今古学考》。康有为受其思想的影响，把眼光放在被历代统治者视为经典的《周礼》《古文尚书》《左传》等著作上，辟其伪经，求其真经，对古文经书进行了大胆的怀疑和否定，开始了《新学伪经考》的写作。此书的着眼点并不完全在学术上，所以这个系列文章多有偏颇，它在本质上可以说是讨伐旧制度的檄文，康有为的维新思想逐渐由混沌变得清晰，由狭小变得开阔。

《新学伪经考》之后，康有为在广州开办了万木草堂。他办学的宗旨是："志于道、据于德、依于仁、游于艺。"可以说，他注重向学生传"艺"，更在意他们"德"的培养，这从他向学生提出的"四耻"的品行要求上可以充分看出来：耻无志、耻徇俗、耻鄙吝、耻懦弱。这些思想在今天看来仍然不过时，难怪这个学堂甫一开办，便声名远播，吸引了梁启超这样的人物。康有为在万木草堂讲坛的风格和气度，梁启超曾有过生动的描述："其授业也，循循善诱，至诚恳恳……其讲演也，如大海潮，如狮子吼，善能振荡学者之脑气，使之悚息感动，终身不能忘……每语及国事杌陧，民生憔悴，外侮凭陵，辄慷慨唏嘘，或至流涕……"康有为的弟子越聚越多，他们穿蓝夏布长衫，散裤脚，举止洒脱，言行自由，为世人所侧目，被人称为"康党"。然而正当万木草堂万木葱茏时,一场意外的霜雪降临,康有为卷入"同人团练局"的权力之争。这个地方自治团本来是康有为的伯祖父康国熹创建的,康国熹去世后,权力落入张嵩芬之手。张嵩芬与盗匪沆瀣一气,这引起了康有为的弟子陈千秋的不满,他和康有为一起,联合乡绅,夺回了局印,但没有多久,权力复失,陈千秋一命呜呼,《新学伪经考》也遭焚毁,康有为再次跌入人生的低谷,他已无治学之情,再次选择了出行,去了桂林。此时的康有为如同生了小疾,而桂林秀丽的山水和古朴的石刻如两味灵丹妙药,很快为他祛除了病痛。他再次出山时,体内吸纳了天地的灵气和精华,其勇气和魄力大增,次年入京参加会试时,便发起了著名的"公车上书"运动。

尽管康有为厌恶科举,但又不得不一次次地应试。康有为一八九三年中的举,身为举人,他才有资格参加入京的会试,向更高的功名——进士迈进。一八九四年,他曾与梁启超等一道入京参试,未中。一八九五年,他再次入京会试。到京不久,清政府签订了《马关条约》,这激起了爱国志士的愤怒。条约在四月十七日由李鸿章代清廷签订,但要盖上皇帝大印方可生效,康有为想赶在条约生效前,将它废止。他联合赴京会试的各路举人,联名上书,抗议这个丧权辱国的条约。所谓"公车",就是官车。汉代实行征聘制,到京城做官的人,均由官车接送，后人就把"公车"作为应试举人的代称。没有公车这种形式，康有为要想"革命"，也是不可能的，这不能不说是一个讽刺。康有为乘着可以驶入宫门的公车辘辘前行，扬鞭奋蹄，一路呐喊，引来无数和者。先后有上千举人联名上书朝廷，康有为草拟了著名的《上清帝第二书》，在其中提出了"拒和、迁都、变法"的主张，而变法的要旨是：富国、养民、教民、变通国政。可以说，康有为是想借着这个万人憎恨的条约，为自己一直想要做的"变法"来呼风唤雨。然而他等来的并不是他期待的风雨，"公车上书"是雷声大，雨点稀，《马关条约》最终还是生效了，集会也由声势浩大变得寥落，会试结束，各路举人纷纷离开京师。中了进士的康有为心犹不甘，他在《上清帝第二书》的基础上，又拟写了《上清帝第三书》，进一步阐述自己的变法主张。由于递交第三书时，康有为的身份是进士了，都察院收到不久，就上报朝廷，并很快到了光绪帝手里。光绪帝对康有为的第三书很重视，结合着其他人提出的变法主张，采纳了一些，作为新政举措，如修铁路、造机器、铸钞币、开矿产、整海军、严核关税、汰除冗员等。但康有为并不知晓自己的第三书已到了光绪帝手中，他认为上书不达，于是又写了《上清帝第四书》，更为透彻地阐释变法思想。这份上书被各个部门推来阻去，万般无奈的康有为又想起了翁同龢。此时的翁同龢因《马关条约》的签订，心存愤懑，亦有变法之念，对康有为已无反感，主动约见了他。他向康有为道出宫中秘密，光绪帝是个有名无实的皇帝，掌权的其实是慈禧太后。这个消息对康有为来说，无疑是一盆冷水。既然"变于上"如此艰难，康有为自然就想到了"变于下"。他创办了《万国公报》，随着朝廷认可的报纸《京报》免费附送给京师的官员阅读，这很有点像如今的广告。接着，他开始筹备强学会，得到了洋务运动后期的代表人物张之洞等要人在资金上的捐助。然而京师的《万国公报》和强学会都是性命短暂，《万国公报》后来改为《中外纪闻》，由梁启超编辑，它因宣传西学和变法思想，终被封禁。而强学会以"植党营私"的罪名遭瓦解。康有为的变法之路可以说是步步坎坷。他离开京师，到上海欲复开强学会，并创办《强学报》。报纸虽然是万花筒，但在康有为手下，它不管怎么变幻，其核心都是为其变法主张服务的。康有为在《强学报》上发表了《孔子纪年说》等文章。以孔子为纪年，把孔子"师"的地位提到比"天、地、祖宗和君"还高的地位，等于否定当朝，无疑是要掘王朝的墓，这自然引起了朝野上下的愤怒，张之洞抨击了《强学报》，并公开表达了对康有为的不满。强学会在上海是昙花一现。康有为在其后的许多文章的结尾，果然都是先以孔子为纪年标记年代，其次才是光绪。如他的诗集自序最后写道："孔子两千四百五十九年，即光绪三十四年十月九日，南海康有为更生自序。"康有为其实是要塑造一个新孔子,那就是《孔子改制考》中的孔子。这个孔子不是传统意义上的圣贤,而是一个"变革"的孔子。康有为托古喻今,认为孔子虽然无位,但是得道,能为王者立法,这就是他心目中的王。

梁启超一直是康有为新思想最有力的支持者和贯彻者,他与黄遵宪等人在上海创办了《时务报》,宣传维新思想。康有为一路南下,在澳门又创办了《知新报》,并再游桂林。

一八九七年,德国强占胶州湾的事件发生。此时的康有为正在京师,谋划着殖民巴西、开辟新疆土。从这点看,变法屡屡受阻,使他萌生了"退意",或者说滋生了更大的"野心",他要在他处建立一个"理想国"。胶州湾事件让康有为大为震怒,他再次上书,写就《上清帝第五书》,发出"舍变法外别无他图"的心声。然而这份上书仍是命运不济,工部尚书见行文犯忌,不肯上递。康有为心灰意冷,想要离开京师,他写信向翁同龢辞行。这封信改变了康有为的命运。翁同龢亲自来南海会馆挽留他,竭力在光绪帝面前引荐康有为,于是就有了一八九八年一月,李鸿章、翁同龢、荣禄等五位大臣联合对康有为的约见,听他阐述变法主张。之后,康有为奉旨写《上清帝第六书》,由总理衙门代奏,之后讲呈《日本变政考》和《俄彼得变政记》。虽然是奉旨上书,但康有为并没有那么快获得他期待的结果。"上"不通,他又一次低下头来向"下",成立了保国会，并利用公车京师会试的时机，召开成立大会，大造声势，又发起了三次"公车上书"：第一次是为俄国强租旅顺、大连；第二次是为抗议德国士兵在山东即墨毁坏文庙中孔子和子路的塑像；第三次是为了改革科举制，废除八股。应该说，三次上书的意义都是积极的。

戊戌年（一八九八年）的五月底，首席军机大臣、恭亲王奕䜣病逝。奕䜣是光绪帝的叔叔，他对变法向来抵触。他的故去，使康有为看到了曙光，他代杨深秀和徐致靖拟写了两个奏折《请定国是而明赏罚折》和《请明定国是疏》，它们很快就有了结果，光绪帝命翁同龢起草了《明定国是诏》，得到慈禧太后许可后，在六月十一日正式颁布了诏书。这道诏书无疑是一道闪电，激起了一场风云浩荡的风雨。"百日维新"正式拉开了帷幕。六月十六日，光绪帝在颐和园的仁寿殿召见了康有为。不过就在召见的前一天，翁同龢被朝廷开缺回老家，这对康有为打击很大，他已感觉到前景不妙。"百日维新"中，光绪帝开新政，任用了一些维新人士，免除了李鸿章在总理衙门的职务。新旧势力的矛盾和冲突不可避免地发生了。年轻的光绪帝在康有为的建议下，又向太后提出进一步重用维新人士、重用袁世凯以及聘用参加过明治维新运动的日本的伊藤博文为朝廷顾问。这些举措无疑是要给朝廷大换血，等于要撼动慈禧太后的根基，自然引起了她的愤怒，政变不可避免地发生了，光绪帝被幽禁，谭嗣同、林旭、杨锐、杨深秀、刘光第、康广仁"戊戌六君子"遇害，康有为流亡海外。

康有为活了七十岁，但他的生命，在戊戌年他四十一岁时，已然终结。尽管其后他在印度撰写了《大同书》，但他身上的勇气和锐气，在戊戌年后，已不复存在。康有为曾请人在一枚印章上刻下了这样的文字："维新百日，出亡十六年，三周大地，游遍四洲，经三十一国，行六十万里。"可惜这些"眼界"并没有让他变得开阔和深刻，他在归来后反对的是孙中山领导的国民革命，支持和参与的是张勋复辟。直到他去世的那一年，他还赴天津，为溥仪祝寿。坊间关于他晚年生活糜烂的传闻，亦不是空穴来风。

一个人何至于由先锋变得落伍，由澄明变得昏聩，由先知先觉变得墨守成规？究其根源，与康有为内心的矛盾有关。他一方面反对专权，一方面又尊崇至高无上的皇权；一方面厌恶科举，鄙薄功名，可是当他中了进士后，还是怀着光宗耀祖的喜悦，在家乡祖祠前的广场上，竖立了一对十余米的木旗杆，以示纪念。他向西方寻求真理，得到的不是沉甸甸的果实，而仅仅是艳丽的花朵。他一意思变，却忽视了在历史进程中，有些东西是"命脉"，可以不变或渐变。他不断地给社会开出种种改良的"药方"，却从未想过自己日久天长也会"生病"。可以说，他清高倨傲的背后，是不乏功名心和世俗心的。从他前半生的锐意变法到后半生的消极守旧来看,他并不是一个坚定的理想主义者。

但康有为还是了不起的,"公车上书"和"百日维新",使他成为中国近代思想启蒙运动的鼻祖,成为个性解放的先驱。捧读《康有为文选》,发现他的一些见解在今天仍具有指导性,如他在《乱后罪言》中说:"既庶,不富不可也;既富,不教又不可也。"他的长处在于他的"思想",而不是他散文中被后人夸大了的"文采"。读过关于他的一些文字,我在四月份来到青岛,去中国海洋大学讲我的长篇新作《额尔古纳河右岸》。广东的春天过去了,但青岛的春天正在高潮,桃花点点红,樱花簇簇白。我去了康有为在福山路最后的寓所,门厅里摆放着一幅徐悲鸿先生画的康有为的肖像,他白发苍苍,目光温和,但这温和中却掩饰不住茫然。他唇角微蹙,似在咀嚼着荣辱和苍凉。他坐在那里,坐在四月的微风中,看着来来往往的人。我想,以他不羁的性情,他并不喜欢坐在画框中。在他心中,那也是一种"牢"吧。

康有为的墓地,在浮山脚下,朝向大海。拜谒他墓地的那天,是个晴好的日子。他的碑文是刘海粟先生题写的。墓地开阔,但格外冷清,一个游人都没有。本该是万木葱茏的时节,可墓地却衰草凄凄。他的墓是圆形的,青白色。远远看去,像是一个句号。康有为就躺在这个句号中。康有为五十六岁时,曾创办了《不忍》杂志。我想他一生最不忍的，大概就是这个句号。在广东南海的苏村，我看到的是康有为的起点，而在青岛，我看到的却是他的终点。他的起点到终点，曲曲折折，波澜壮阔。

康有为离开这个世界，整整八十年了。八十年风雨沧桑，物换星移，包括我在内的年轻人，又有多少人知晓他呢？这个应该被我们了解的人，正逐渐被世人遗忘；这个应该被我们纪念的人，正一天天地淡出滚滚红尘。

康有为墓地面前的大海，已不是一览无余的海了。近年来迅速兴起的海景高层住宅，正逐渐地分割着他视野中的海。大海破碎了。不过康有为见过的海多了，见过的破碎的山河也多了，他不会介意的。更何况，不管大海怎样被遮挡住，那海水在风暴来临时的惊涛拍岸之声，他仍能深切地感受到。康有为最爱的，不正是这样的声音吗？

看花的姿态

他的如花世界,在尘埃中,也在云朵之间。

闲适的苏童

苏童与我一南一北,虽然相识较早,但交往寥寥,只是在一些笔会上可以见到他"老人家"。所以对他的印象,只能是浮光掠影。好在苏童是个极其随和的人,所以不会在意我没有"浓墨重彩"地写他。从他的作品中我感觉到,他似乎也不大喜欢浓墨重彩。

未识苏童前,我读过他的《桑园留念》,作品散发着的优雅、伤感的气息很符合我的审美胃口,对它分外喜欢,我至今还记得作品的一些细节,如女主人公多年以后大着肚子从桥上经过的情节。苏童的小说从一开始就成熟于他的年龄,富有沧桑感。苏童以他的枫杨树故乡作为他文学创作天空的黝蓝的底调,这决定了他的文学的丰富和纯净。他的"亮相"引得文学界的满堂喝彩,不足为奇。

苏童曾在《钟山》做过编辑,曾经编辑过我的一部中篇《没有夏天了》,所以我该称他为"老师"的。他那时大约精力充沛,不但写出了一大批令他大红大紫的作品,而且在做编辑上也是兢兢业业,一丝不苟,这大约也可以看出苏童为人为文的"诚恳"。最早见他是哪一年我已经记不得了,苏童看上去有点"腼腆",在公众场合的话语似乎也不多,他的形象,可以用如今比较时髦的一个词来形容,那就是"酷"。他的"腼腆",使他相貌上的"酷"得到了最好的收敛,所以苏童才成为"书生",而不是演员。

我与苏童开过几次笔会,印象最深的就是他的"贪吃",我与他一样有"贪吃"的嗜好,所以我非常不喜欢和他邻座,两个饕餮之徒都虎视眈眈地盯着美味佳肴,它被"消灭"的速度可想而知了。不过,苏童的吃相很文明,而且他也懂得谦让,是一个有品格的"贪吃"的人。我知道他"贪吃",有一次我就给他讲我如何在副食商店买了大骨棒,把它们放到大的钢精锅里用文火煮它几个小时,你在这边可以从容地写作,等到了吃饭时,骨头汤只剩奶白色的小半锅,你可以加上各种调料,洗一把碧绿的菠菜放上去,美美地吃上一顿。这菜做起来不需大操大办,省时,既解了"馋",又补充了营养。苏童听完我的叙述，果然馋得声称"要流口水了"。

笔会上的苏童非常喜欢打牌。他与兆言和格非凑在一起，会打得昏天黑地的，全不把优美的风景放在眼里，也不想着该出去享受一下大自然的雨露阳光。所以我曾戏谑他们要在青山绿水间把自己给打傻了。苏童还特别地"懒惰"，那一年我们去黄山，我们早已经到顶峰，两小时后，苏童才姗姗登临，一脸的痛苦状，抱怨这山太高。我说他这做派很像一个地主，大约要有几个长工抬着滑竿，再有几个丫鬟拿着摇扇为其驱热，他才来得惬意。当然，这些都是玩笑话了。

也许是同龄人的缘故，我很关注苏童的创作，他的作品既是写实的，又是浪漫的。他的新作，我只要能见得到，一定要读的。我喜欢他的小说。比如发在《收获》上的《两个厨子》，《钟山》上的《白雪猪头》，《天涯》上的《七三年冬天的一个夜晚》，这些作品都是苏童的近作，我觉得它们非常扎实，洋溢着浓浓的生活气息，可感可触。所以，在报纸上看到有关对苏童作品的评论，说他的近作不如从前，我觉得这是不客观的。要知道，苏童走红的那些年，很多人也未必认真读了他的作品，而是跟着媒体人云亦云。而现在认真读一个作家的作品才敢来"发言"的批评家也越来越少了。文坛已经相当浮躁了。当然，一个作家一直保持着创作上旺盛的激情是不现实的，谁都有创作的高潮和低谷。我们用不着怀疑一个优秀的作家，用不着为着一个作家极个别作品的"平淡"而大惊小怪。

苏童和兆言同在南京，他们的身上，都有一种非常可贵的文学品质，那就是闲适。无论是他们的为人还是为文，都可以让人体会到那种宠辱不惊、挥洒自如的气度，这决定了他们的写作一直悠徐从容、不急不躁。看来是江南灵秀的山水和深厚的文化底蕴滋养了他们。

还有两件小事值得一提。有一年，我因自己的一本书被出版社恶意篡改而与之对簿公堂，法庭需要一些作家提供关于这类事对一个作家"名誉权"的影响，我给苏童写了一封"求助信"，他很快写来了与之相关的文字，并说他的作品也曾有过类似遭遇，提醒我打官司要"酌时酌情酌力而定"，使我一直心存感激。还有一次，我们在海南岛参加《天涯》的笔会，有一天傍晚，一行人在海边散步，李陀先生忽然指着前方的苏童说："你们看他，像不像一只虎头鞋？"李陀是东北人，他把苏童与憨头憨脑的虎头鞋联系在一起，的确十分传神和精妙。我们大笑起来。苏童大约听到了这话，他回过头怪声怪气地问："你们笑啥哩？"

迷舟的格非

十年前的夏天,在青岛的八大关海边,一个名叫刘勇的青年出现在《中国》组织的笔会上。那时他刚刚毕业留校在华师大,看上去朝气蓬勃。他毫不掩饰地当众炫耀和他谈恋爱的女孩子如何好(也就是如今他的妻子王方红),当然也口若悬河地讲一些外国大文豪的名字,这大约是使我对他最初印象并不很好的一个原因。我那时武断地把谈论某某大师认定是一种虚荣和时髦。所以,在笔会上,尽管我与刘勇同龄,都是二十刚出头,但是相互之间几乎没有什么交谈。刘勇因为有事提前离开笔会,临行前到我和庞天舒的屋子坐了一刻,仿佛吸着烟,说了一些话,说什么也都忘记了。

很快,中国文坛突然出现了格非的名字。读他的小说,惊异于其语言的那种朴素的华美。后来一位朋友告诉我,格非就是刘勇,这使我觉得有些意外,因为文章似乎与记忆中的刘勇很难联系在一起。格非的小说像晨雾一样袅袅袭来,他的作品赢得了许多读者的喜欢和评论界的激赏。一九八九年春天的一个日子,我从北京八里庄的一家邮局出来,在几株绿树前碰到鲁院的一位同学,他对我说"刘勇今天下午来"。在我的意识中,格非早已暗暗地不可抗拒地取代了刘勇,所以一时有些糊涂,想不起自己所认识的人中有哪一个人叫刘勇。同学见我疑惑,便说:"就是格非。"

格非果然来了,他看上去还是一脸少年相,我们请他在鲁院的食堂里吃粗茶淡饭。之后他到我和海男的屋子小坐,闲聊了一刻。而聊些什么也一样是记不得了。

就这样又过了六七年。这期间,不断读到格非的作品,尤其是今年他的长篇《欲望的旗帜》,其中某些章节闪烁着一种辛酸的温情,读来令人心动,我便有了想和格非说点什么的愿望。六月中旬,我因《晨钟响彻黄昏》的案子到沪,便与格非通了个电话,开庭后的下午到华师大他的家中聊天。那天刚好谢有顺也在,他比格非和我还要年轻许多,而其批评文章却不同寻常地老辣。我们在格非简朴的家中喝茶、谈天,听了一段拉威尔的音乐,然后由格非做东去校园内的一家小餐馆吃饭。

饭后，散步在华师大灯火微漾的校园中，看着草坪、花坛和树影，感觉那空气不同寻常地清新，它令我想起自己的教师生涯，有种亲切的怀恋之感。上海是喧闹的，华师大却是寂静的。格非就生活在喧闹的寂静中，因而他的文章总是有一股超越了年龄本身、仿佛已经历尽沧桑的宁静。

十二月，在广东《花城》的笔会上，我再次与格非相遇。听他在座谈会上的简短发言，他那慷慨激昂的样子，还隐含着一股少年般的激动，可以想见他在华师大应该是受学生欢迎的教师。在大多的时间里，他都与苏童、叶兆言、文能在一起打牌，我便戏谑说他们要在青山绿水中把自己给打傻了。终于有一天晚上，格非脱离了牌局，他与我、耿占春和潘维散步到山庄下的湖畔。湖很大，微风使湖面传来温柔的水声。我们发现前面泊着一条木船，耿占春和潘维先行踏上了船。格非反身召唤我上船，我有些害怕，那木船没有灯火，一派黝然，看上去很古旧，仿佛它已经在此停泊了一个世纪。我怀疑有幽灵居住在里面。格非站在船上，反身燃亮打火机，那船勃然一亮，我看见了空荡荡的舱和一脉穿舱而过的湖影。即便有幽灵，火光也会把他们吓跑的，于是我便安然登船。我们四个青年人坐在船帮前，望着周围广阔的灰蒙蒙的湖面，我感觉到远方缥缈的白雾正试图把我们和木船淹没。这种场景和氛围使我想起了格非的小说《迷舟》，它也是我比较钟爱的一篇小说，我们仿佛正迷失在大自然所制造的风起云涌的激情中。后来我们看见了流星飞过,格非首先叫道:"看,流星!"与其说那是一声喜悦的惊叫,莫如说是一声叹息,因为他很快就沉默下来了。格非吸着烟,端正地坐着,坐在《迷舟》一样的幻影中,坐在流星划过的夜空下,不知那一瞬间他想些什么。

笔会主办者在最后的一天为与会者组织了一个垂钓活动。那天晴空如洗,我们在午餐后每人擎着一根钓竿来到湖边。格非蹲在湖畔,安静地等鱼上钩。然而每每听到鱼在湖面跳水了,他就恍然大悟地叫道:"噢——鱼在那里——"于是急急收竿奔响声处而去,甩下丝线,等待收获。然而鱼戏弄了他,它跳过水,给了他一份喜悦的激动,又游到别处去了。我在遥遥的对岸为格非拍了一张照片。照片出来后,叶兆言指着那上面的格非说:"格老师怎么跟鱼一样小?"的确,湖水和青山占满了画面,格非小得就像一条跳出水面的青鱼。

毕飞宇的少年心

第一次见到毕飞宇,是在《小说月报》的一个颁奖会上。如果用沧桑的口吻来说,我们的相识,是上个世纪的事情了。

没见他之前,已经读过他的小说。他的小说给我留下的印象是灵光闪烁的,人呢,看上去也是灵光闪烁的。

我注意到,近几年的媒体在报道与毕飞宇相关的消息时,总爱在他的外形气质上做文章,说他如何"酷"。其实,他的作品,比承载着他才华的躯壳,要风光多了。不需要举太多的例了,《哺乳期的女人》的妥帖韵致,《地球上的王家庄》的轻灵飘逸,《玉米》的泼辣雄浑,《青衣》的忧伤清寂,还有近作《推拿》的俊朗深邃,毕飞宇几乎是给自己的每一篇小说,都搭建了一个塔，虽然塔的大小不一，但他总能让作品中的人物，成功地登顶塔尖。如果没有深厚的艺术功力，这实在是不可能的一件事。

小视野大气象，俏皮辛辣而又细致温暖，是我对毕飞宇小说的印象。显然，他走的是自己的路，而且，是纯正的文学之路。他的叙述能力，在同龄作家中，尤为出色。他轻松诙谐的表面背后，隐藏着一颗高傲而又不乏孤寂的文学的心。这也就是为什么，他一路走到今天，作品始终不败的缘由。

同毕飞宇接触起来既容易，又不容易。他随和而又"多刺"。不过，他的"刺"，是少年的"刺"，没什么心机，大家乐意接受。他挑刺的时候，开场白是"你晓得吧"，那时我就赶紧笑着说"我不晓得"，洗耳恭听他晓得的见解。他晓得的领域很广，吃的、喝的、玩的、用的，当然，重要的还是文学。

我知道，有许多女读者迷恋毕飞宇和他的小说，有一天，我忽发奇想，想捉弄他一下。在没有来电显示的某年夏天，我用沙哑的嗓音，假扮一位文学女青年，成功地"欺骗"了他，在电话中向他讨教了一刻钟。还大胆问了他，你对同龄的女作家的作品怎么看？毕飞宇很诚恳地告诉"女粉丝"，迟子建作品不错，你要多看。我这边几乎要笑翻。

毕飞宇喜欢足球（他说在美国爱荷华写作中心的三个月，

没少踢足球），喜欢健身（这是他经常挂在嘴边的话题），喜欢咖啡（虽然有时喝得心动过速），喜欢自己其乐融融的温馨小家，是一个阳光的人。他走到哪里，都是一道风景。这样一个"时尚"中人，却不用手机，令人费解。去年，聂华苓老师从美国来京，我与他还有苏童约好了，从各自的城市乘夕发朝至列车，在北京站会齐后，一起去清华园看望聂华苓老师。在聂华苓老师住的套房的客厅中，我们聊得正欢，潘凯雄把电话打到我手机上，要找毕飞宇。我威胁他不给找，并警告苏童也不能给他找毕飞宇，意在敦促毕飞宇启用一个便捷的"通信工具"，他当时也算是含糊地答应了。可是，几个月后，我在北师大的一个活动上见到的毕飞宇，仍然不用这"劳什子"，一脸的轻松和快活，一副游侠姿态。他不用手机，却总能在该出现的地方出现，并且能见到该见的人。看来这个顽皮的少年，有他自己的"秘密通道"。

金陵出才子，六十年代出生的作家中，我欣赏的几位，有两位都在南京。一个是苏童，一个就是毕飞宇。他们常常"出双入对"地出现在各种会议中。他们很少像其他作家，喜欢发表语惊四座的"文学宣言"。他们非常低调，将自己的文学主张、审美取向，不动声色地、丝丝缕缕地编织进了作品，认真而执着地实践着。这样用心灵前行着的作家，在这个文学时代，越来越少了。

毕飞宇的作品，有一颗少年的心。他做事，也有一颗少年的心。他敏感，善良，率性，维护朋友，所以与他聊天，他小小的"刻薄"，从来不会伤了朋友间的和气。而且，从他所做的一些事情看，他喜欢什么，拒绝什么，从不掩饰，这也难能可贵。

毕飞宇还是一个细心的人。有一年开作代会，为了配黑毛衣，我戴了一条橘色的围巾，他嫌难看，当众宣布一定要为我买一条好看的围巾。我以为是戏言，早忘了。两三年之后吧，我们去巴黎参加书展，有一天在香榭丽舍大街的一家商店里，我和铁凝正逛着，毕飞宇和几个人进来了。他逛着逛着，忽然吆喝我过去。他拎起一块灰黑色的印花毛披肩问我：怎么样？我说不错。谁知他买下后，一把将它塞到我怀里，说是为了兑现诺言。朋友们在一旁看了，都笑。知晓原委后，更觉得毕飞宇一身的少年气。

其实，毕飞宇不仅有众多的女读者，还有很多男读者。不久前，上海戏剧学院的一位教师来哈尔滨，与我谈一篇小说的电影改编。席间聊天时，他说非常喜欢毕飞宇的作品，称这么多年追踪他，他从来没让他失望过。他还说改编了《玉米》的片段，作为了教学内容，一些台词为学生们深深喜欢，在上戏广为流传。

如果说文坛是一片茂密的森林的话，每个作家都是一棵树。每棵树都有每棵树的风光，谁也不可能取代谁。树种的繁复，才使森林气象万千。在我眼里，毕飞宇这棵树，应该是棵钻天杨，一直向上，无限伸展，你看不到他的边界在哪里。

阿来的如花世界

阿来与花,是否有着前世的因缘?至少,我没见过像他那么痴迷于花的男子!我与他多次同行参加中外文学交流活动,无论是在新疆、黑龙江,还是在俄罗斯、意大利或是阿根廷,当一行人热热闹闹地在风景名胜前留影时,阿来却是独自走向别处,将镜头聚焦在花朵上。花儿在阳光和风中千姿百态,赏花和拍花的阿来,也是千姿百态。这时的花儿成了隐秘的河流,而阿来是自由的鱼儿。印象最深的是他屈膝拍花的姿态,就像是向花儿求爱。

未认识阿来之前,读了令他名声大噪的《尘埃落定》,判定写它的人一定是个内心世界极其丰富的人。比起他的小说,阿来不高大，但他气质不俗，面上总是洋溢着平和的微笑，走起路来微微踮脚，富有喜剧色彩，整个人就像一首精短的抒情诗，与他热爱的花朵相得益彰。他幽默，睿智，豪爽，率性，与他同行，就是与快乐同行。记得在阿根廷，一个月色很美的夜晚，在一家乡村旅馆里，阿来请全团的人喝酒，他喝兴奋了，歪戴着帽子，拍手舞蹈着，唱起藏族的《祝酒歌》，那是我那一年听到的最动人的旋律。阿来如果不写小说，一定是个出色的歌手。他的歌声深情而忧郁，把我们深深感染了，大家情不自禁地跟着他唱起家乡的歌谣。那个夜晚的阿根廷的月亮，一定成了扩音器，把来自大地的歌声，播撒到了天庭。

阿来是个会享受生活的人。他常带上钟爱的相机，带上书和茶，独自驾车出游。他的博客和微博，像花园，也像森林氧吧，你走进那里，总能看到花儿的影子，嗅到植物的清新之气。他的作品，也是这样地充满了生机，大气而唯美，绝无顾影自怜的小伤感，更无貌似深刻的装神弄鬼。他有一支开阔而富有韵致的笔。众生在他笔下，都是平等的。如果说好小说是露珠的话，阿来的文字幻化成的就是露珠，熠熠闪亮，有着经典的光泽。

《尘埃落定》之于阿来，是一顶沉重的桂冠。如果是一个心在庙堂的作家，可能会就此迷路，不知所向，失去创造力。而阿来是个被山峦照耀着的作家，是被河流滋养着的作家，这样的作家，本身就是一座山，就是一条河，在他自己的疆域驰骋，永不疲倦，留下艺术的脚步。所以我们能在《尘埃落定》之后，仍然能听见《空山》的回音，能看见闪光的《格萨尔王》。

阿来出生于四川阿坝的藏区，有藏族血统。记得他在墨西哥，为母亲买了一串珊瑚项链。他提着项链对我说，一串好的珊瑚项链，就是一个藏族女人的梦。阿来写过诗，他的话充满诗意。他对藏族的感情，除了融汇到作品里，还体现在他的言论上。记得他写过一篇关于西藏的文章，没有那种强加于人的说教，他褪去了西藏那层"外人"幻想的神秘色彩，还原了一个历史的西藏，现实的西藏，文化的西藏。按照他的说法，就是把一个越来越形容词化的西藏，客观地厘清，成为一个名词的西藏。这样的西藏立场，深刻，全面，充满人性。据说阿来的舅舅曾做过喇嘛，对于西藏的宗教，阿来有独到的认知。

阿来喜欢读书，今年我们在意大利参加首届中意文学论坛，在听完阿来的演讲后，同样饱学诗书的清华大学教授格非，高度赞扬他的演讲，说从同行者的发言中，能看出他们的边界在哪里，而阿来的却看不到，他是不可限量的。我想，他骨子里流淌着藏族血液，在山里长大，早年有过"游走"经历，对历史有着独到的认识，对生活有着浓厚的兴趣，对文学有着自觉的审美追求，的确，他的天空是没有边际的。

中国能够真正走向世界的作家并不多，阿来是其中的一个。走向世界，在我眼里，并不仅仅是你的作品被翻译的语种多，更不是你的译本多么畅销。因为在这个时代，那往往是政治的投机或是商业的迎合所带来的热闹。真正的文学，还是有它自己的尺度，有它自己的价值。阿来的作品，因为唱诵着本民族独有的歌谣，因为那股与生俱来的神性色彩，因为作品漫溢的人性光辉，真正代表了中国文学。要知道，不论什么样的出版商，在面对着能给读者带来心灵泉水的作品时，都不会无动于衷的，而阿来的作品就具有这种品格。

阿来有个可爱的绰号——起司库。作家们在出访时，对西餐大多皱眉头，阿来正好相反。我曾在巴黎机场见证过他吃两份生牛肉。他吃起起司，更是眉飞色舞。有一次我开玩笑地指着他微微腆起的肚子，说你少吃点起司吧，肚子都这样了。阿来笑眯眯地看着大家，亲切地抚摸着自己的肚子，无限陶醉地说"它就是我的起司库"，把众人笑翻。从此后，我见着他，总要叫一声："起司库。"而他也默认了这个称号，有一年我给他发短信贺新年，他回复说正在家听拉赫玛尼诺夫，署名就是"起司库"。

虽然认识阿来很多年了，但交往并不多。相信他也有不为人知的忧伤，有他的脆弱，有他在文学之路上的困惑和彷徨，那是每个好作家都必然经历的。写他的这篇印象记时，恰好读到阿来写果洛的一篇散文,我非常喜欢其中的这段话:"风景从地平线上升起来,敞开,逼近,再敞开……然后,是我这个旅行者,以及载着我的旅行工具,从其间一掠而过。风景从身边一掠而过:缓缓起伏的丘冈,曲折萦回的溪流,星星点点的湖沼,四散开去的草滩,还有牧人,和他们的帐幕,和他们的牛羊……再然后,那些风景在身后渐渐远去,闭合,滑落到天际线下。"

阿来不知道,他穿行于这样的风景当中时,自己也成了风景。他的如花世界,在尘埃中,也在云朵之间。

一朵乌云

刘震云是我在鲁迅文学院学习时的师兄。那所学院位于京郊十里堡，只是一座矮矮的瓦灰色小楼。校园只有几棵孱弱的杨树和一片还算茂盛的藤萝架，常见震云和做律师的太太抱着美丽的女儿妞子在这简朴的校园徘徊。刘震云家所住的农民日报社离鲁迅文学院很近，他家没有花园，便把校园当成自家花园来闲逛。

刘震云来校园闲逛时多半是黄昏时分。白天在教室里却不常见他，他在农民日报社还有一些事务性的工作要做。只要他来教室，通常是提着一个大水杯，下课休息时就去同学的宿舍续水，有时也顺便蹭一支同学的烟来抽。

刘震云喜欢开玩笑。他开起玩笑来不动声色，同学们对他的评价是："刘震云的话永远让人辨不清真假。"所以即使他说真话的时候也没人把它当真。他的性情如他的名字一样，沾染了一些云气的氤氲与逍遥，当你认为看清他时，其实他还十分遥远。

刘震云走路有些仄着身子，看上去就像个农民劳作了一天从田里归来。他的一口纯正的河南腔还带着那块土地的麦场被夕阳灼过的气息。常听他谈起外祖母，他对她非常敬佩和热爱。记得有一年春季他外祖母去世，他从河南老家奔丧回来，在电话中很伤感地说了一句："我有大不幸了，我姥姥去世了。"那一瞬间他委屈得像个孩子，好像他外祖母领着他出去拾麦子，不负责任地把他一个人孤零零地给抛到野地上了。

毕业之后见刘震云的机会便少了。倒是常在电视上看到他在做各种节目的嘉宾，还很恶心地在《甲方乙方》中过了一把电影瘾，饰演了一个失恋者。刘震云在电影中的表现可以用一部名著的名字来概括：被污辱与被损害的。刘震云是一个清醒理智的人，但这一次却是把戏做过了头。当我这么说他的时候，他很理直气壮地辩白："葛优说我没准能拿个金鸡奖最佳男配角奖呢。"我想这是刘震云接受批评的一种表达方式。

刘震云苦心经营了六年的长篇巨制《故乡面和花朵》终于杀青了，我还没有看到这部长篇的全貌。他的毅力和才情令人叹服。我和毕淑敏有一次聊起刘震云,毕淑敏说:"刘震云可真了不起,能够写一部这么长的小说。"我想只有年富力强的男作家才会有这种魄力接受这种自我挑战。漫长的写作对作家身心的折磨是不言而喻的,而它带给作家的那种畅快淋漓的艺术感觉也是不言而喻的。

刘震云是个看上去很舒服的人,极易接触,所以他人缘不错。他的身上既有农民式的淳朴,又有农民式的狡猾,而这也仅仅是一种直觉。何镇邦老师勒令我写他时,我以为对他很了解,可一落笔才知道刘震云对我来说还是相当陌生的。要画出一个活生生的他,恐怕只有王朔才能胜任。

记得有一年一帮朋友去黄山参加笔会,途经太平湖时,那些会游泳的人纷纷跃入水中。我们这些旱鸭子坐在湖边看绿水中的人姿态万千地浮游。大多数的人都把身子浸在水里潜游,只有一个人是一直漂在水面上的,就像一具浮尸。大家惊异地指点着那个人时,他渐渐地由湖中心向岸边游来,我们看到这个泳姿怪诞的人就是刘震云!坐在岸边的人就拼命起哄,不让他上岸,刘震云不动声色地又朝湖中心游去,依然用他那自由而又有些骇人的泳姿。一个朋友骂他:"装死!"

但愿刘震云能够做一朵乌云,当闪电击穿它时,会洒落倾盆大雨。没有雨意的云彩只是晴朗的一种点缀,而乌云却能在天地间制造一种独有的气势和声音。

看花的姿态

我是白先勇先生的读者。他的《永远的尹雪艳》和《金大班的最后一夜》，在我眼里就像两棵灿烂的花树。尹雪艳是株梅花，而且是雪光中的，极端地娇艳，又极端地朴素，香气淡淡，久经回味；金大班呢，是一簇夜来香，香气扑鼻，那在月夜下闪烁的花朵，恰如多情的眼，在半梦半醒间，温暖着迷茫的人。梅花不管多么经得起风霜，它终有花容不再的时候；夜来香呢，它也终归有寂灭的一天。可是白先勇先生用那支生花妙笔，让尹雪艳和金大班这两个花树般的人物，获得了地久天长的绚丽。

四月底，青岛的春天正热闹着，白先勇先生来到了中国海洋大学。我刚好在那里给人文学院的学生讲《额尔古纳河右岸》,得以相识。白先生初来青岛,可他似乎并没特别的兴致看风景,他喜欢待在屋子里。王蒙先生请他出来参加活动时,他才会下楼。天凉时,他披着一件人字呢大衣,天暖时,则是一件中式便服。他闲闲的,淡淡的,似乎与春天有着某种隔膜。

我曾经看过白先生的《树犹如此》,是怀念他的同性朋友王国祥的,写得催人泪下,感人至深。文章中,他多次写到花和树。王国祥离去了,白先生家花园中的一棵高大的意大利柏树也随之枯死,花园荒芜了。那株青烟般消失的树,在花园中留下一个巨大的缺口,这道缺口,被白先生形容为"一道女娲炼石也无法弥补的天裂",其内心的苍凉之情,可想而知。我想白先生一定是因为看了太多繁华的"春",胸中弥漫着旧时光中花朵的沉香,才会在春光中如此地超然、安详。

但他还是爱花的。海大校园中的樱花开得正盛,那天我们去报告厅,路过一树又一树的樱花,他一再驻足观赏,叹息着:"太美了,太美了!"他看花的眼神是怜惜的。三月三,大家到崂山的太清宫去,在一处殿门前,逢着一丛朝霞般鲜润的花朵。我看了一眼,便说:"这是芍药。"白先生走过去,大叫:"不是芍药,是牡丹啊!"芍药和牡丹虽然在花朵上相近,但叶片却是不一样的。我仔细一看,哦,确实是牡丹。白先勇先生自从将汤显祖的《牡丹亭》搬上昆曲舞台后，对牡丹可谓情有独钟。对于即将要去北京参加青春版《牡丹亭》百场演出的白先生来说，这丛牡丹，无疑是老天为他写就的福音书啊。那丛牡丹姿态灼灼，开得恰到好处，飘洒，浓艳，馥郁，蓬蓬勃勃的，没有一朵呈凋敝之态，白先生啧啧惊叹，连称："不得了，不得了！"我对他说，将来第一百零一场的《牡丹亭》，去哈尔滨演出吧，那儿的市民爱好音乐。白先生笑着说，抗战时，他父亲（国民党高级将领白崇禧先生）打到了东北，可是蒋介石不让打！他说自己没有来过哈尔滨，当然希望有一天能带着《牡丹亭》到这里演出。

今年的哈尔滨酷热难当。这个时候，我会放下笔来"歇伏"，以读书为主。好书是可以带来清凉的。

我从书架上将郑愁予先生赠送的三本诗集取下。去年十一月我在香港浸会大学时，郑愁予先生刚好由耶鲁大学到香港大学讲学。愁予先生的诗歌，韵律优美，婉约惆怅，在港台影响极大。他与白先勇先生一样，根扎在台湾，后来到美国发展，执教于名校。愁予先生爱酒，我在爱荷华时，聂华苓老师就跟我讲过他不少"醉酒"的趣闻。他和他夫人梅芳请我去兰桂坊，我感受到他爱酒之切。在那家俄罗斯人开的酒吧，他先是给我叫了杯鸡尾酒，然后又拉我进"冰屋子"，披着大衣，在零下三十多摄氏度的环境中，品尝威士忌。梅芳女士悄悄对我说，愁予先生几年前做过心脏手术，医生建议他少饮酒，可他改不了。愁予先生喝酒之后，谈笑风生，出口就是诗，他的热情能把一个冰冷的人都点燃。有一天晚上，他请我和台湾作家刘克襄到港大他暂居的寓所去坐坐，一进去，他就举着一瓶酒对我说："这是金门高粱酒，给你准备的，你带回哈尔滨吧！"我说我从香港出发，还要到北京开会，托运酒又麻烦，不如喝掉。愁予先生豪爽地说："就听你的。"梅芳女士早已准备了几样下酒菜，我们围聚到桌旁，喝酒谈天。近午夜时，愁予先生举着杯，邀我到阳台看海。与其说是看海，不如说是赏月，那晚上的月亮实在太明了。海上月光飞舞，好像海上生了一片白桦林。愁予先生无限感怀，轻轻地哼起歌来。那低沉而忧郁的歌儿在月色中回旋，宛如夜鸟的翅膀轻触着花树。

愁予先生的诗歌意象绮丽，比如他写长城："长城像一个担夫担着群山，从地平线上彳亍走来。"他写塔："塔，乃天问的形式吗？"他写微醺的状态："微醺是枕着山仰卧，全身成为瀑布；微醺是左手二指拈花，右手八指操琴；微醺，抬头满天的灯，低头满座的美人。"他写花："百合花的嘴张得太大，像在惊讶。"他有一首诗的名字就叫《火炼　寂寞的人坐着看花》，读这首诗的时候，我忽然联想起了白先勇先生，想起他看花时那顾眷的神色。他们俩，虽然年过古稀，但他们身上那种美好的情感，从他们看花的姿态上，可以充分感受得到。

有一天，聂华苓老师来电，我跟她聊起白先勇和郑愁予，他们都是她的老朋友了，我说："他们与我们这代人最大的不同，就是他们是风雅的人！"聂华苓叫道："很对很对！"

是啊，我们这一代人，传统文化的根基浅，缺乏琴棋书画的浸染，对西方文化的认识也不够深刻。为什么我们可以写出好看的作品，却难写出有大品格的作品？我想是因为我们的文化底蕴还不足，境界还不够深远所致的。我们看花，是用眼睛；而他们看花，用的则是寂寞、沧桑的心。看花姿态的不同，作品所呈现的气象就大不一样了。我愿引愁予先生的几句诗，来为这篇小文做结：

> 我们常常去寺庙
> 常常去无人的海滩
> 常常去上坟
> 献野花给好听的名字

多美的夜色啊

虽然哈尔滨的夏天足够凉爽,但我还是喜欢在每年的七八月份放下笔来"歇伏"。这时最惬意的事情,就是读书。我会把插在书架中的那些花花绿绿的书打量个周详,如同皇帝选妃一样,抽出想读的,放在沙发旁和枕边。被选中的既有那些散发着微微霉味的、可以一读再读的老书,也有外表光鲜漂亮、漫溢着油墨芬芳的新书。比之新书,我更爱那些老书。经过了漫长岁月淘洗后仍然能留传下来的文字,总会像金子一样闪闪发光。

在浏览了两本空洞乏味、装神乔鬼的最新畅销书后,我已打算重温《聊斋志异》的诡谲、奇异之美了。那里的神仙鬼怪在我眼中是有血有肉的。在电闪雷鸣的夏日,读这样的书无疑就是聆听天籁之音。

由于搬家后没有给书做细致的分类,所以很多书都是乱插的。我在取《聊斋志异》的时候,发现了相挨着它的《欧洲美术中的神话和传说》,这是著者王观泉先生三年前所赠的,我记得爱人在那年春天离开我的最后一个夜晚,读的就是这本书。

书页上一定留有我用肉眼看不见的爱人的指纹,所以打开它的时候,那一幅幅绚丽的画面,在我眼里就是天堂的圣景图。

最先打动我的,是一组《丽达与天鹅》图画。丽达与天鹅的故事,是最传奇的爱情故事。天神宙斯有一天在神山上,看到身下的斯巴达草原上,有一个美丽的姑娘,她就是丽达。宙斯爱上了丽达,为了摆脱天后赫拉的控制,他变成一只天鹅,飞向人间,与丽达相爱,并生下了希腊的绝世美女海伦。海伦与特洛伊战争的故事,比丽达与天鹅的故事还要著名。

在对《丽达与天鹅》这个神话的演绎上,我最喜欢达利的那幅。柯勒乔的过于甜美,达·芬奇的太圆熟了,而达利表现的天鹅充满了激情和力量,它那富有质感的展开的双翼,是那么的刚健和柔美,充分体现了宙斯飞临人间、见到心爱的人时那种内心的狂喜。

在这本书中，既可看到威廉·琼斯表现的爱上自己倒影、最终化作水仙花的美少年那而珂苏斯，也可以看到鲁本斯以表现众女神为了争夺金苹果而引起祸端的《帕里斯的裁判》，以及波提切利描绘的以色列民族女英雄《朱提斯》。随着纸页翻动的唰唰声，我看到了充满了阴郁之气的伦勃朗的《大卫在扫罗面前弹竖琴》。扫罗得了疯病，他只有在听大卫弹奏竖琴时，疯病才会暂止。可他却想杀死这个日后会取代自己成为以色列王的大卫。可是除掉大卫，聆听不到竖琴的声音，扫罗将永远活在癫狂中。灰黑的画面除了衬托了疯子扫罗内心的矛盾和焦虑，也把竖琴的凄美展现无遗。我觉得在描写音乐对人的影响的深刻性上，这则神话无疑是登峰造极的。

在书将结尾的时候，我看到了那个舞蹈着的莎乐美。二〇〇〇年秋天，我曾经在都柏林的皇家剧院看过王尔德的话剧《莎乐美》，那个声音略微沙哑、轻盈美丽的女演员给我留下了深刻的印象。

《莎乐美》是写施洗者约翰死亡的故事的作品。希律王娶了弟弟腓力的妻子希罗底，约翰对此反对，惹恼了希律王，被关进监牢。莎乐美是希罗底的女儿，她美丽而富有才情，传说她向约翰表达过爱情，但遭到了拒绝。在希律土的生日宴会上，莎乐美被邀跳舞，为希律王助兴，莎乐美不从。希律王就许诺莎乐美，如果她当众舞蹈，就可以让她做一件最想做的事情。于是,莎乐美跳起舞来。舞毕,她要求希律王割下约翰的头给她,她终于吻到了死去的约翰的嘴唇。在约翰的头即将落地的时候,莎乐美感慨道:多美的夜色啊!

是啊,用这句台词来概括这本书的气质再合适不过了。欧洲那些美妙的神话和传说,当它们凝固在画面中的时候,它们就是人类艺术天空中最迷人的夜景。可惜在这个时代,欣赏这样的夜色的人少而又少了。所以王观泉先生在赠言中这样写道:

> 此书起笔于一九五三年,时为二十三岁当大兵时。但虽戎装披身,心中想的是保卫和平,使中国乃至世界宁静。忽忽近半个世纪流逝,这才发现世界其实一点儿也不太平。书虽然漂亮,二〇〇二年垂暮之年的我已经对斯道不感兴趣了,只是愿望比我年轻的你及与你相似的中青年们,能如我在起笔写此书时一样好心情,赏析美。

王观泉先生晚年患有严重的眼疾,一再手术,如今他的一只眼睛几乎失明,而另一只眼睛的视力也极为微弱。这样的画集对他来说,注定是掩藏在心底的永恒的风景了。

我想,爱人能够在最后的日子看这样的一本书上路,踏着这样的夜色归去,实在是幸运的。因为他是带着美走的。

责编速写

A. 宋学孟

曾在北大荒当过木匠的知青。后来他靠着自学发表了文学作品，得以调入《北方文学》编辑部，也得以接触到我的投稿作品。

宋学孟很高，黑脸，说话频率快，容易接受新思潮，对我早期创作影响很大。我的处女作《那丢失的……》经他之手发出。接下来他又责编了《沉睡的大固其固》。宋学孟对初出茅庐的我说得最多的一句话是：要读书，越多越好。十几年来我坚持这样做了，获益匪浅。

如今宋学孟早已远离文坛。他脱离编辑队伍后去了澳大利亚，归国后又去了上海，如今吃素而经商。他既出过小说集，也出过一本有关琴棋书画的书。我总觉得他对文学的放弃有些可惜，然而人各有志。

世界很大，别有洞天。

B. 王成刚

《作家》在广大读者和作家心目中的名刊标识的树立，与王成刚是有着直接关系的。

王成刚是《作家》的老主编。我最初认识他是在一九八五年的东北三省作家联谊会上。我赴会晚，而王成刚老师离会早，所以我们之间没有任何交谈就分手了。记得是在镜泊湖上，将要提前回长春的王成刚塞给我一个窄窄的字条，上面写着"长春市自由大路25号"的《作家》地址，告诉我以后有了作品可直接寄给他。那一瞬间我记住了他的形象：很高的个子，偏瘦，戴副眼镜，非常儒雅。而且地址上的"自由大路"令我有一种看见光明前程的幸福感，于是便把那字条当作珍贵的书签一样珍藏起来。

那以后我就按照自由大路的地址给王成刚老师寄稿子。他几乎每稿必复。也经他的手发表了我的两篇小说，现在看来是极其幼稚的作品。几年以后再遇见他，谈及当年的作品，王成刚坦言他当时也并不认为那作品特别出色，只是觉得灵气足，他认定我在写作上会有发展，所以把并不很成熟的两个短篇签发了，意在激励我，这使我分外感动。

成刚老师如今退休在家。前年我去长春参加电影节活动时再见到他，他依然儒雅而有风度。我坐在他的书房与他喝茶聊天，这时外面有雨了。我想象雨声中的那条自由大路，它一定是湿漉漉的，就像我满含感激情怀的心。

C. 李师东

六十年代出生的湖北人李师东在复旦大学毕业后来到北京，他与我的好友程黧眉同在《青年文学》做编辑。李师东矮、微胖、随和，吸烟而健谈，不过发音不那么准确，这使得我与程黧眉有足够的理由取笑他。比如他把电话号码的"零"念成"宁"，我和程黧眉就纠正他："要念'零'——"他很认真地学一遍，而说出的依旧是"宁"。我们便捧腹大笑。

当时程黧眉和李师东夫妇都住在正义路的一座筒子楼里，我到他们那里吃过饭，也聚在一起谈天说地。李师东编发了我当时一篇风格有些转向的作品《北国一片苍茫》，虽然评论界对这篇小说的"变调"抱有微词，但李师东却很肯定这种创作上的变化。我的小说集《逝川》的跋也是由他来作的。

我想李师东如果不太懒惰的话，他会在评论上更有成就。

只是不知道这些年他是否依然把"零"念成"宁"。

D. 崔道怡

他无疑是当今文坛最具影响力和人格魅力的一位资深编辑。他与王成刚一样有着很高的个子,戴一副宽边近视眼镜。他在《人民文学》工作了几十年,发现和提携了一大批才华横溢的作家,老、中、青均有。这使得他拥有了不同年龄段的作家对他的尊敬和感念。

崔道怡是我在鲁迅文学院读研究生时的辅导老师。他谦逊而认真,对我们交上去的每一篇稿件都仔细阅读并提出审读意见。我比较喜欢的《原始风景》就是一篇作业。当时崔老师是在家中读的这篇稿子,读后他立即给我打来电话,说他很欣赏这部作品,争取上《人民文学》。后来这篇小说在《人民文学》上发表了,有很多读者来信说喜欢它,它也成了我整个创作中比较重要的一部作品。

崔道怡是个极富人情味的人。我在北京求学期间,有一年新年,他请我们几个学员到他家做客。我们在黄昏时分围着木炭火锅吃涮羊肉,然后欣赏维也纳新年音乐会。记得最后一曲《拉德茨基进行曲》的旋律响起的时候,崔道怡不由自主地和着音乐的节奏打起了拍子,那一瞬间他显得如此年轻和忘情。

我曾请崔老师为我的第一本散文集《伤怀之美》作序,记得他在序的开篇写了这样一段话:"一个深秋的傍晚,我捧着《普希金文集》,坐在铺满金色落叶的未名湖畔草坪上。默念到那些具有迷人魔力的字句,不禁心驰神往,仿佛进入一种超凡脱俗的纯美境界。身体也跟夕阳下的湖光塔影融合在一起,凝然不动,悄然无声,只觉得周围是一片静静的辉煌。"

我陡然明白了崔道怡为什么会发现那么多的优秀作品,因为他骨子里就是一个诗人。

E. 闻树国

闻树国像羚羊一般高大灵巧,说话时喜欢停顿。作为《小说家》的负责人,他成功地策划了"中篇小说擂台赛",推出了一大批引起文坛关注的优秀作品。

我只有一次两度参加同一家杂志社的笔会,那就是闻树国组织的《小说家》笔会。一次在张家界,另一次在黄山。虽然两次笔会经费都不很充足,使我们备受舟车劳顿之苦,但笔会的气氛一直是融洽的,文坛的朋友们都很理解闻树国的一片苦心。他与很多中青年作家都是好朋友。

闻树国编发过我的《旧时代的磨房》,后来听说我在写一部都市题材的长篇小说,他便从天津千里迢迢地来到哈尔滨,取走了那部《晨钟响彻黄昏》,发表在《小说家》一九九四年第五期上。

闻树国是一个有着玄想的人，他喜欢在一些文章中做哲学思考。这也决定了他在责编作品时，似乎更为看重一部作品所散发的精神气息。

F. 文能

文能对作品的鉴赏力几乎是为所有作家所称道的。这使得很多初学写作的人把文能对其作品的认可视为晋身文学队伍的一种标识。

在我的印象中，文能偏爱一些艺术上富有张力，形式上富有探索性的作品。这使得他扛鼎的《花城》所发表的作品，成了评论界对先锋小说研读的最必不可少的一块阵地。

文能责编过我的《观彗记》，并同时做了一个有关我创作的访谈录。我觉得这个访谈录是很成功的。平素与文能通电话时聊得最多的倒不是文学，而是足球。文能是个纯粹的球迷。比如中国队在世界杯预选赛上失利，文能马上给我打来慰问电话："迟子建，节哀吧。"

我想写文能的作家一定很多，这里就不为他锦上添花了。

午夜的费穆与伯格曼

中央电视台的电影频道开辟了一个"探索影厅",每至午夜,一些不被受众看好却有独特艺术价值的影片在一片阒声中寂然登场了。我在这里欣赏过费穆的《小城之春》,看过瑞典电影大师英格玛·伯格曼的《呼喊与细语》和《野草莓》《夏夜的微笑》等片子。

费穆的《小城之春》可以说是一部诗人电影,它讲述了一个女人与两个男人的故事。它的画面看起来是单调苍凉的,破败的城墙,铅灰的浮云,在废墟上缓缓行走着的女人,庭院中分住在两处的两个男人。费穆写了人内心情感的纠葛和痛苦,但他用的是"抑"的笔调,含蓄,轻灵,矜持,所以即使能感觉到主人公的内心世界是万丈波澜，呈现在他们面部的却是一种无奈的平静。我很奇怪就是这样一部像舞台布景一样画面较少变化的影片，却有着极强的艺术感染力。除了演员表演的功力为影片增色之外，我想是这种不惊不乍的讲故事的方式吸引了我们，因为它更逼近人内心真实的情感。影片中没有硝烟，没有通常的三角恋爱故事的那种争风吃醋，它呈现的是一种哀悼的气息，因而意味深长。《小城之春》出现时，正赶上新中国成立前夕，那时正有《一江春水向东流》《八千里路云和月》《乌鸦与麻雀》等抗战影片热映，《小城之春》就显得落落寡欢、不合时宜。费穆一生拍了二十多部片子，一半已遗失。据说他拍摄的《孔夫子》的拷贝几年前在香港被发现，但已发霉。以费穆的气质，以《小城之春》所呈现出的他卓越的导演才华，我坚信《孔夫子》一定是部不可多得的佳作，可惜它"未生先死"。费穆死于一九四八年的香港，他因为早逝而不知"文革"的风暴，否则，凭着一部散发着颓废之气、精美之气的《小城之春》，费穆倘在内地的话，他的作品注定要被视作"毒草"，而他也不会逃过劫难。所以，"早逝"在灰暗的特殊历史时期也是一件幸事。

"探索影厅"中常出场的伯格曼，也是我格外喜欢的。最爱的是那部《呼喊与细语》，片中三姐妹的情感生活经历被伯格曼展现得那么淋漓尽致，甚至残酷，但那是生活的真相。衬托着这故事的是黑色的床,猩红的地毯和屏风,白色的服饰和幔帐。我们的生活,似乎都逃脱不了黑、白、红三色的笼罩。伯格曼善于挖掘人内心复杂的情感,勇于表现沉重的主题,比如死亡。他的《野草莓》,通过梦境的揭示,表达了人对死亡的那种深重的恐惧,对已逝青春的那种追忆和伤怀,十分感人。

费穆和伯格曼,都是忠实于自己的内心,忠实于艺术的优秀电影导演。他们的影片,无论是在他们生前还是死后,都不具有票房价值。他们静悄悄地在午夜出场,那么地寂寞,远离了黄金时段那些观者甚众的武打戏和好莱坞炮制的一个模式的情感戏,他们孤独地在深夜中诉说他们的痛苦,犹如一个真理者携带着火种,却看不到可以点燃的柴薪一样。

一个人

和

三个时代

> 不说人间陈俗事,声声只赞白莲花。

爱荷华的月亮

那是十年前的融雪时节,我在故乡刚刚完成长篇小说《额尔古纳河右岸》,一个春光明媚的日子,忽然接到一个电话:"你是迟子建吗?"听筒里传来一位女士的声音,清脆、明亮,富有穿透力,我说:"我是——""我是聂华苓!我想请你秋天来IOWA国际写作中心三个月,和刘恒一起来,你愿意吗?"我对保罗·安格尔和聂华苓携手创办的爱荷华国际写作中心,一直神往,而且那时正需要长篇后的休整,我像西式婚礼中的新人,在神父面前,给对方爱的承诺一样,愉快地回答:"我愿意!"

二〇〇五年秋天,我和刘恒如约来到美国。从芝加哥到西达拉皮兹再到爱荷华，已是万家灯火时分了。我们本不想打扰华苓老师了，可是前来接机的人说，聂老师嘱咐他了，不管多晚，先把我们送到她家，吃碗鸡汤面。

华苓老师的家在山上，那是一幢清隽的两层红楼，我们按响门铃，便听见她下楼的声音。年满八十的她，不是慢条斯理走下楼的，而是像小女孩一样咚咚地跑下楼。只望她一眼，便觉春风拂面。她风姿绰约，到老都是个美人！

那一届的作家工作坊大约三十人，考虑到我和刘恒英文不通，写作中心特别为我们配了一名翻译，方便我们与来自世界各地的作家交流。只要有我和刘恒出席的活动，华苓老师总是驾车前来。IWP的人非常喜欢她，虽然她退休了，但在大家的心目中，依然是写作中心的女主人。

刘恒那期间正埋头写剧本，所以IWP没活动时，我便独自沿着爱荷华河，去华苓老师家。我们对着窗外的山，喝酒谈天，谈到有趣处，便纵声大笑。我们都是正月生人，生日只差四天。我们笑累了会自嘲道，正月女人真能笑啊。华苓老师谈得最多的，是已故的安格尔先生。她讲他们在台湾初见的情景时，脸颊还会泛起红晕，好像她的恋爱刚刚开始。她深爱安格尔，我们即便谈着别的话题，她也会不由自主地转移到他身上。她对安格尔先生的爱，依然醇厚如酒。每逢安格尔的生日，她会穿扮一新，带上鲜花美酒，去墓地看他。那是华苓老师为安格尔举行的只有他们两个人的派对，我见过的世上最美好最忧伤的派对。物换星移，天上人间，他们的爱还荡漾在爱荷华河的波光里。

华苓老师热爱生活，她会插花，喜欢音乐，能做软糯清香的豆腐圆子。知道我也喜欢音乐，她把家里的一台录音机送我用，还特意复制了柴可夫斯基、莫扎特的几张CD给我，成为我最美好的珍藏。她爱热闹，快人快语；但她也爱孤独，更多时间是沉浸在自己的天地里，把话留给了自己。

华苓老师豪爽大方，有一次她带我逛超市，我看见陈列着海产品的玻璃柜中，浮游着一只大螃蟹，有两斤重吧，不由得惊叹。她发现我垂涎这只螃蟹，便张罗着买下。我说除非我来买，要不就不吃它，就算饶它一命。华苓老师笑笑，没说什么。几天以后，她忽然打来电话，兴奋地说，子建你真有口福，我把你看上的那只大螃蟹买回来了，我就知道，它不会被别人买走的！她在电话里得意地笑着，而我在电话这端，却湿了眼睛。除了亲人，没谁对我这么好过。那晚我们在灯影下，把酒品咂大螃蟹，畅快极了。她与我开玩笑，说我要成为爱荷华的名人了，因为她去绿化店买东西，店主对她说IWP请来的中国女人，常来店里买红酒，操着半生不熟的英语。我知道她是在一个愉快的时刻，以她的方式鼓励我学习英语。我也心领神会，学习了一段，一度还能与人做简单的交流。但我对英语终究没有发自内心的热情,加之惰性,最终还是没有坚持下来,我想华苓老师对此一定很失望吧。

去爱荷华的中国作家,都与华苓老师结下了深厚的友谊。她最喜欢的作家是苏童,夸他帅气,人文俱佳。有一次吕嘉行、谭嘉夫妇用苹果木烤牛排,请我们去他们家做客,大家聊起苏童,她忽然指着我幽默地说:"我跟苏童嘛,是'老少恋'!跟你嘛,是'同性恋'!"我们大笑。大家都说,聂老师这么喜欢你,干脆认作干妈算了。华苓老师正在兴头上,她歪着头对我嚷着:"认嘛,认嘛——"我没说什么,只是笑着敬了她一杯酒。我不想认她做干妈,是因为在我心底,我们没有辈分之分,像好友一样亲密无间。

我非常喜欢华苓老师的《桑青与桃红》,它无疑是华语文学天空中的一道绚丽的光,散发着独特的艺术气质。而她晚年写就的《三生三世》,更是俘获了无数读者的心。透过她个人的心灵史,我们从她的生命轨迹里,看到的是一位伟大、不屈的女性的身影。尽管经历了家族的伤痛,但她的笔和她的心,从来没有把大陆与台湾割裂开来。她的生命力之所以如此蓬勃,是因为她汲取一切生命之水,即便是苦水,也把它们化作了甘泉。

从爱荷华回到中国后,二〇〇八年,华苓老师由身为舞蹈家的女儿蓝蓝陪同,经京去台湾。我和苏童、毕飞宇,专程从南京和哈尔滨赶到北京去看望她。那是一次难忘的相聚，我们不忍作别。

一晃又七年过去了，我和苏童、毕飞宇已跨入半百之人的行列，而亲爱的华苓老师即将踏入九十的门槛了。

虽然我们多年不见了，但华苓老师从来没有离开过我的生活，我们之间常通邮件，互道近况。夜阑人静时，我也常忆起在爱荷华的日子。我和华苓老师曾一起买衣服，一起洗车，一起去郊外看红叶，一起钓鱼，一起去河畔餐厅吃牛排。我想念她，还有她家窗外的野鹿。她和野鹿都是精灵，一个窗里，一个窗外。

我最不能忘怀的是离开爱荷华起程归国的前夜，我和刘恒在华苓老师家围炉喝酒，她忽然唤我进她卧室，拉开衣柜，让我看她有一天上路时穿的衣服。那套银粉色的丝绸衣服，就像落在大地的一朵祥云。我眼睛湿湿地对她说："你穿上它就像个新娘！"

我还珍藏着华苓老师送我的一份特殊礼物，那是她和安格尔在夏威夷新婚旅行时，爱人送她的礼物，是一枚由十几颗淡蓝的珍珠镶嵌而成的葡萄形状的胸针！我知道她希望我还能找到疼我的人，知道她想让我知道，真爱是个褪色的，就像那依然光泽动人的珍珠！

两个月前的中秋节，我给华苓老师写邮件，问她爱荷华升起月亮了吗？她回复道："看了你的信，我马上到门口去看月亮。月亮说：子建不在这儿，我不来。我今天正想着你呢，月亮也不理我。"

  我想告诉她，月亮不来，那是因为她就是一枚月亮。

  月亮是不老的。

素面朝天毕淑敏

　　齐耳短发，白皙红润的脸色，善意的双眸，黑色圆口拉带布鞋，白底带着蚕丝一样细的黑纹棉布夹克，这就是毕淑敏就读鲁迅文学院时留给我的印象。她在装束上那么普通，走在大街上，你确实很难想象她就是以《昆仑殇》享誉文坛的作家毕淑敏。她钻入菜摊儿，站在公共汽车站牌下，置身于商场等等，确实与别的妇女相差无二。这也就是毕淑敏的平常，同时也是不平常之处。我常常觉得，那些装束上很前卫，言谈举止很新潮的女性，其骨子里往往却是计较、琐碎、世俗的；而装束庄重、言语谦和的知识女性，其灵魂深处才真正拥有对世俗生活的批判力量，对艺术探索的执着和标新立异。

谦和的毕淑敏在研究生班里是一个热心肠的人。身为医生的她，对待同学们各种身体不适的咨询总是显得那么有耐心，而且还积极地带一些药送给同学。她总是笑微微的，雍容大度，从未听说她与谁有隔阂或者给谁难堪过，可以想见她良好的修养和出色的心理素质。我曾暗自勾勒过毕淑敏的晚年形象，一个慈祥的胖老太太坐在环绕着花草的庭院里，她是坐在藤椅里的，眯缝着眼，在享受滋润的太阳。她膝下儿孙满堂。毕淑敏是个有福之人，因而会有这么理想的晚年。不是什么人都可以让我们能联想到晚年的，而你一望毕淑敏，便知这个来自雪域高原的人会有一个洗尽铅华、归于平淡的美好晚年。

算起来，与毕淑敏在研究生班三年同窗的交往是极为有限的。真正交往却是在毕业之后。虽然这时也较少见面，但电话却成了联络情感、交换创作想法的好方式。我只要去北京开会，总要和她联系一下，彼此聊天，谈身体，谈现状，谈未来，谈创作，等等等等，总有说不完的话题。记得一九九七年盛夏我从美国回到北京，当夜毕淑敏来看我，惊呼美利坚的太阳把我晒得又黑又瘦，我便趁机说美国的物质文明实在高得难以攀比，但它们的山水，却是不敢恭维，没有国内的有味道，科罗拉多河和大峡谷实在没有在美国西部片中看到的那么壮观。毕淑敏便提起不久前有一个国际性学术会议在纽约召开，邀她前往，而会期只有三天。毕淑敏说她决定不去了，理由是刚到那里时差还没倒过来，就得登机返程。毕淑敏笑言："美国搁在那儿，又跑不了，以后再说吧。"这是我印象中的毕淑敏说过的最豪迈最幽默最有寓意的话了。把它套用于她的文学观，我想也一样适合。那便是从容、不急不躁、自信和有耐性。

毕淑敏的生活经历我想很多热爱她的读者比我还要熟悉。她出身于一个高干家庭，青年时代到了西藏当兵。毕淑敏是个飒爽英姿的女兵。然而在雪域高原上，恶劣的气候对女兵来讲怎么来说都是一种摧残。然而她挺下来了，不仅挺了下来，还将这种苦难变成了巨大的精神财富，使经过了净化的灵魂得以在京城无边的烟尘和喧嚣之中，流淌出那么多有关西藏、有关生与死的凄美故事。苦难之于人会产生两种截然不同的效果，一种是对生活永久的怨艾和变本加厉的报复，一种则是对生活的珍惜和积极的不遗余力的创造。毕淑敏属于后一种，她用自己的笔，使那片雪域成为我们心中永远的梦想和圣地，而不是埋葬之地。

毕淑敏的创作是勤奋的。她有一些脍炙人口的中短篇小说为我们所熟悉，最近她的长篇处女作《红处方》又引起轰动，我打心眼里为她高兴。我婚后在大兴安岭休闲的一段日子里，正赶上各有线台在播放《红处方》，于是每日很守时很积极地坐在电视机前观看。可惜的是电视剧的《红处方》拍得不尽如人意，还是读原作的感觉更好。这也就是很多作家在把自己喜爱的作品改编权交与影视单位后，总有些惴惴不安的缘由。那滋味就像把爱子送人了，不知道他摊不摊得上个好人家而牵肠挂肚。好在连最普通的读者都知道这个简单的道理：要想真正了解和判断一个作家，还是去读她的作品。

毕淑敏曾有一篇名为《素面朝天》的散文，惹恼了不少对化妆情有独钟的女人。我一直以为毕淑敏其动机并非反对化妆，而是强调女性的天然美和朴素美。结果强调得太过分，惹怒红颜无数。毕淑敏无疑以她个人的好恶犯了个善良的错误，她太坦诚和认真了。其实无论是生活还是艺术，完全素面朝天是不可能的。这也就是最近我在报上看到毕淑敏去大学攻读心理学硕士的消息时会心一笑的原因了。毕淑敏毕竟已经悟到了文学靠天然的东西很难走到极致，因而开始下决心充电。素面朝天，我更愿意理解为是毕淑敏与人交往的坦诚方式，而非化妆，非艺术的范畴。

毕淑敏有一年从俄罗斯归来途经哈尔滨时，我们聚在一起聊天。她说住在海参崴的两天实在太美了，海鸥一群群地不分白天黑夜地在旅馆周围飞来飞去，站在窗前就可以看见湛蓝的海，听见海鸥的叫声。我想那一瞬间的毕淑敏的确为生活的美好所深深打动了。愿这样的人间美景与她常相随，愿懂得这美景并且珍惜这美景的人能够到达创作更为至善至美的风景区。

对方方的一次写生

方方,现在轮到你坐在窗前当静物了。你的周围,聚了一些手持画板的人,他们坐在不同的位置,从各自的角度要仔细审视你,准备勾勒你了。这时你是气定神凝还是脸热心跳?这些人中,有的是绘画高手,他们深谙你的气质和秉性,因而画起来肯定得心应手。而我,只是一个毛手毛脚的初次拿起画笔的学生,若是把你画歪了,或者因为要认真打量你而走到你面前,意外淋到你脸上几滴油彩,你权且把它们当作幸福的鸟粪,千万不要恼。

第一次见方方,是在一九八五年的青创会上。那是个灰蒙蒙的冬日。我们在昏暗的楼道里经人介绍相识,记得方方穿一件鲜艳的毛衣，背着个精致的黑皮包，齐肩的头发微微卷曲，她笑吟吟转身的一刻让人觉得格外明媚。在此之前，我只是从作品中认识方方。

这之后的十年中，我们没有任何交往，因为彼此实在是不熟，从来没有交谈过。只是不断见方方的作品四处开花，朵朵灿烂。经常在报纸上读到有关她的消息，方方红透了大江南北。

一九九五年，"红罂粟"丛书首发式在北京举行。作为丛书作者之一，我也参加了那个活动。主办者在会议之后组织女作家们到驼梁和五台山游玩。有很多人因为有种种事情难以脱身，纷纷走了。最后到了五台山，只剩下叶文玲老师、方方和我了。由于我和方方年龄相仿，我们自然同住一屋，这样便有充裕的时间聊天。我总以为，人和人的沟通，聊天是最好的方式，轻松、自由、随意，这时很容易就能认识一个人。与方方住在一起，聊天其乐无穷。她开朗、大度，与我一样贪玩，且也是口无遮拦，笑起来像东北姑娘一样不秀气，张着嘴，哈哈哈的，哈哈得脸上的红晕像朝霞一般艳丽（描绘方方，必须用一个最俗气的比喻，好让她能找到一点笑料）。几天疯玩下来，彼此"没有理由不成朋友"（方方语）。从这以后，只要有见面的机会，我就会兴高采烈去赴会，为的是能和方方胡侃一通。方方说话机智、幽默，有一次与她住在北京的一家旅馆里，我们住在一楼，夜间老有老鼠出没。我这个人贪吃，零食不离身，因而老鼠在我的床的这一侧闹得凶。偏偏我是个天不怕、地不怕，就怕老鼠的人。上高中二年级时，我曾在宿舍压死过一只老鼠。那间宿舍也常有老鼠跑过，有一日清晨起床，我叠被子时发现一只老鼠在我被窝里，它已经死了，想必是深夜蹿上我的床铺，溜进我被窝后被我翻身给压死的。这段经历每次重温都令我毛骨悚然。为了求得方方的同情，我把这经历对她讲了，希望与她调换床位，不料方方一本正经地对我说："你都压死过一次老鼠了，再压一次就是了。"坚决不与我调换床位。

方方衣着随意，与她自然洒脱的气质极为吻合。她爱睡懒觉，上午十点若给她打电话，她准会恹恹无力地责备你扰了她的美梦。而午夜十一时以后，只要我的电话叫了起来，很可能就是方方，这时候的她声音洪亮，就像清晨刚起床似的精力充沛。我想她那洋洋洒洒的文字，多半是在更深人静之时完成的。

方方的作品很耐读，品位高，但很奇怪的是她的作品并不畅销。方方对此并不以为意。她对自己的作品是否得奖、是否畅销、是否转载、是否有人评价都看得极淡，确确实实是一个少见名利心、散淡至极的人。而我以为，这种作家往往更能成为大家。她的长篇《乌泥湖年谱》，我虽只读了部分章节，已然嗅到了一个成熟作家具有风范意味的文学表达气息。

方方有些"洁癖",与她同屋住,我不敢随意去她的床上坐,怕她"训斥"。所以她说她家并不很整洁时,我一直不太相信。方方具有一副唱民歌的好嗓子。方方喜欢吃三文鱼。喜欢喝茶,也爱吃辣椒,但脾气不"辣",很宽厚温和。与她交往,不必担心哪一句话会刺伤了她,你会觉得很放松和自由。方方最好的朋友就是蒋子丹,我与蒋子丹并不很熟时,她竭力对我说蒋子丹如何优秀,后来交往多了,觉得方方说的果然如此。在海南岛的某一天,蒋子丹有天说要到我和方方的房间小憩一会,方方说:"那你可别睡我的床。"蒋子丹很生气,说:"那如果迟子建也有洁癖,我去你们房间岂不要睡在了地上?"针尖对麦芒,我真希望她们狠狠"掐"一通,好从中看热闹。岂料她们转身就和好了,让我觉得有些失落。我知道她们的友谊可以用一句俗话来形容:地久天长。

方方很能干,写作,带孩子,做家务,外出开会,办《今日名流》。她常常头疼,我说她是太累的缘故。她有个宝贝女儿毛妹,方方每次外出回武汉,总不忘给毛妹带回一堆吃的东西。一旦讲起毛妹,便满面幸福。我也很喜欢毛妹,她聪明伶俐,小小年纪却常出"惊人之语"。

当然,我说的这些都是阳光下的方方。在黑夜,在星光闪烁的时分,我想方方一定有另一种不为朋友所知的情怀,也会有忧伤和惆怅,也会有隐隐的孤独感伴她左右。好在她有一支笔(确切地说是电脑),有开朗的性情,这一切会像遮住月亮的云彩,转瞬即逝。

方方如今住在一套舒适的住房里。据说楼下有个小花园,栽种了一些桃树和花草。我想黄昏时方方若是放一张藤椅在小花园里,一边饮茶,一边看落日,一边听花园虫子的鸣叫,一定非常惬意。

对方方的一次写生就要结束了,当静物的方方已经从窗前的椅子上站起来了。她走到我面前,看了一眼我画夹上她的素描,突然哈哈笑了起来,说,就你这水平,还不如我们家毛妹!

我建议何镇邦老师请毛妹画画方方,一定格外精彩。

"白水青菜"潘向黎

上海是个国际大都市。在海外,外国人提起中国的城市,第一是北京,其次就是上海了。而我个人更偏爱上海,一条沧桑的黄浦江,让上海显得风情万种——没有风情的城市是不可爱的。

潘向黎生活在上海,是个报人。她年轻、漂亮,像一株含着露珠的青草,淡淡的,闲闲的,有一种清爽的妖娆,一如她的作品。

由于生活在大都市,又由于潘向黎接触的大都是知识分子,所以她的小说很自然地把笔触伸向了都市中她所熟悉的生活。比如《我爱小丸子》《缅桂花》《一路芬芳》《倾听夜色》

中的报社的各色人等,《小妖》中的白领,《奇迹乘着雪橇来》的中学图书管理员等等,他们都属于衣食无忧、追求精神生活质量的人。所以潘向黎的笔下演绎的,多是这样一些有着某种"优越感"的人的爱恨情仇。

潘向黎的小说很好读,这首先得益于她良好的文字素养。她的语言的姿态是那种一点也不让人觉得沉重的轻歌曼舞,有如一阵徐徐吹来的晚风,沁人心脾。当然,其中也会夹杂着一丝丝俏皮、一缕缕"樱桃小丸子"式的可爱的乖张,为小说添加了绚丽的注脚。她似乎是不那么愤世嫉俗的,也不那么像某些标榜用身体写作的女作家那么"另类",她笔下的人不吸毒,不搞同性恋,不在情海之中"大打出手",他们虽然也喝着蓝山咖啡、用刀叉挑起必胜客的比萨,但他们骨子里流淌着的却是中国人的血液。对爱情永远的渴望,对婚姻忠诚的思考,构成了潘向黎小说的精神内核,所以她的故事很好读。她有着出色的驾驭人物对话的能力,更善于描绘被我们所忽略了的"衣食住行",在这样一个看似平凡的天地中,她的小说质朴、优雅的品性悄然生成了。

群众出版社新近出版的《我爱小丸子》,大体反映了近些年潘向黎小说的创作风貌。也许先因为她是个很阳光的人,所以她的笔下呈现的也都是我们所熟知的健康的生活。不在创作上投机取巧,又有着对芸芸众生寻常琐事的莫大兴趣,我相信她会赢得众多的读者。不久，又读了她的近作《白水青菜》，我觉得潘向黎比以往更加地成熟了，她在描写情爱上又靠着一锅精心煨过的白水青菜，向前跨了一大步。我曾担心她生活视野的狭窄，会使她在写作这一类题材时不知不觉遁入"窘境"，看来这种担心是多余的了。但是作为她的一个朋友和读者，我还是希望她的写作视野能更开阔一些，希望她还能有建构"虚构"世界的能力，能把目光放得更广博一些。

一个人和三个时代

"我是一棵树,根在大陆,干在台湾,枝叶在爱荷华",这是聂华苓先生为她自传体新书《三生影像》撰写的序言。如果说二十世纪是一座已无人入住的老屋的话,那么这十九个字,就是一阵清凉的雨滴,滑过衰草凄凄的屋檐,引我们回到老屋前,再听一听上个世纪的风雨,再看一看那些久违了的脸庞。

我认识聂华苓先生的时候,她已经八十岁了。也就是说,我是先逢着她的枝叶,再追寻她的根的。二〇〇五年,国际写作计划邀请刘恒和我去美国,进行为期三个月的交流和访问。八月下旬,我们从北京飞抵芝加哥,从芝加哥转机到西达拉皮兹时,已是晚上十点了。从机场到爱荷华,还有一小时左右的车程。接我们的亚太研究中心的刘东望说，聂华苓老师嘱咐他，不管多晚，到了爱荷华后，一定带我们先到她家，去吃点东西。我和刘恒说，太晚了，就不去打扰了，改日再去拜访吧。刘东望说："她准备了，要你们一定去，别推辞了。"十一时许，汽车驶入爱荷华。聂华苓就住在进出城公路旁山坡的一座红楼里，所以几乎是一进城，就到了她家。车子停在安寓（安寓，取自聂华苓先生的丈夫安格尔先生的名字）前，下车后，我嗅到了大森林特有的气息，弥漫着植物清香，又夹杂着湿润夜露，是那么的清新宜人。

　　门开后，聂华苓先生迎上来，她轻盈秀丽，有一双顾盼生辉的眼睛，全不像八十岁的人，她见了我们热情地拥抱，叫着："你们能平安到，太好了！"她爽朗的性格，一下子拉近了我们之间的距离。红楼的一层是聂华苓先生的书房和客房，会客室、卧房和餐厅则在二楼。一上楼，我就闻到了浓浓的香味，她说煲了鸡汤，要为我们下接风面。她在厨房忙碌的时候，我站在对面看着，她忽然抬起头来，望了我一眼，笑着说："你跟我想象的一模一样！"我笑了。其实，她跟我想象的也一模一样！有一种丽人，在经过岁月的沧桑洗礼和美好爱情的滋润后，会呈现出一种从容淡定而又熠熠生辉的气质，她正是啊。应该说，我在爱荷华看到的聂华苓先生的"枝叶"，是经霜后粲然的红叶，沐浴着安详的阳光，风采灼灼。

安寓的饭桌，长条形的，紫檀色，宽大，能同时容纳十几人就餐。我和刘恒常常在黄昏时，沿着爱荷华河，步行到那里吃饭。这个时刻喜欢来安寓的，还有野鹿。坐在桌前，可见窗外的鹿一闪一闪地从丛林走出，出现在山坡的橡树下，来吃撒给它们的玉米。鹿一来，通常是两三只。有时候是一只母鹿带着两只怯生生的小鹿，有时候则是竖着闪电形状犄角的漂亮公鹿，偕着几只母鹿。这处红楼寓所又称为"鹿苑"，真是恰如其分。鹿精灵似的出现，又精灵似的离去了。华苓老师在苍茫暮色中，向我们讲述她经历过的那些不平凡的往事。夜色总是伴着这些给我们带来阵阵涛声的故事，一波一波深起来的。如今，这些故事，连同二百八十多幅珍贵的图片，完整地呈现在《三生影像》中，让我们循着聂华苓先生的生命轨迹，看到了一个为了艺术为了爱的女人，曲折而绚丽的一生。

《三生影像》分为三个部分：《故园》《绿岛小夜曲》和《红楼情事》。《故园》写的是她的"根"——大陆；《绿岛小夜曲》描绘的是她的"干"——台湾；而《红楼情事》，闪烁着的则是她婆娑的枝叶——爱荷华，这也是她生命和事业最华彩的乐章。

聂华苓出生于一九二五年，母亲是个"半开放的女性"，气质典雅，知书达理。她嫁到聂家后，直到生下了三个孩子，才发现丈夫已有妻儿。英国哲学家罗素，在他关于中国问题的专著中，曾有这样的论断："中国人的性格中，最让欧洲人惊讶的，莫过于他们的忍耐了。"我以为，"忍耐"的天性，在旧时代妇女身上体现得尤为明显。聂华苓的母亲虽说是羞愤难当，闹了一阵子，但最终她还是听天由命，留在了聂家。聂华苓的父亲聂怒夫，在吴佩孚控制武汉的时候，是湖北第一师的参谋长，在军中担任要职。桂系失势之后，聂家人躲避到了汉口的日本租界。旧中国军阀混战的情形，聂华苓的母亲描述得惟妙惟肖："当时有直系、皖系、奉系，还有很多系。你打来，我打去。和和打打，一笔乱账，算也算不清。"聂华苓的童年，就是在租界中度过的。英租界红头洋人的滑稽，德租界买办的傲慢，以及日本巡捕的凶恶，小华苓都看在眼里。有的时候，她会溜进门房，看听差们热热闹闹地玩牌九、掷骰子，听他们讲她听不懂的孙传芳、张作霖、曹锟、段祺瑞，也听他们讲她感兴趣的民间神话故事：八仙过海、牛郎织女、嫦娥奔月。聂华苓的爷爷是个可爱的老头，性情中人，他高兴了大笑，不高兴就大骂。他教孙女写字，背诵唐诗。有的时候，他还会邀上三两好友，谈诗，烧鸦片烟。小华苓常常躲在门外，偷听他们吟诗。"什么诗？我不懂，但我喜欢听，他们唱得有腔有调。原来书上的字还可以变成歌唱，你爱怎么唱，就怎么唱，好听就行了。他们不就是各唱各的调调儿吗？"这段充满童趣的回忆，天然地道出了诗文的本质。从聂华苓先生对故园的描述中，我们可以看到她是如何捉弄爷爷的使唤丫头真君的，看到她因为得不到一把俄国小洋伞而哭得天昏地暗的，看到她如何养蚕，用抽出的蚕丝做扣花、发簪和书签。虽然是在租界中，她的童年生活仍然不乏快乐。然而，聂华苓十一岁的时候，她的父亲，在贵州平越任专员兼保安司令的聂怒夫去世，聂家从此失去了顶梁柱，少了往日的欢声笑语。对于父亲的死，聂华苓在书中是这样记叙的："那是一九三六年，农历正月初三。长征的红军已在一九三五年十月抵达陕北。另一股红军还在贵州，经过平越。"

父亲去世了，母亲艰难地撑起这个家。这个大度而不屈的女性，无疑对聂华苓的性格成因，有着深刻的影响。一九三七年，在湖北省立一中读书的聂华苓，跟同学们一道，慰问从抗日前线归来的伤兵，给他们唱歌，代写家书，表演街头剧《放下你的鞭子》。上海、南京相继沦陷后，日机日夜轰炸武汉，每当空袭来临时，母亲就要把几个孩子护在身下，反复念诵《般若波罗蜜多心经》。为了躲避战火，一九三八年，聂华苓的母亲带着孩子，在长江上乘船闯过鬼门关，逃难到了老家三斗坪。在那里，他们一家度过了一段平和恬静的日子。由于三斗坪没有学上，指望着儿女们为她扬眉吐气的母亲，不管女儿多么贪恋那儿的山水，还是毅然决然把她送到了恩施湖北省立女子中学读书。离开亲人的华苓，从此就开始了漂泊生活。伴着飘忽的桐油灯,一群读书的女孩子,苦中作乐。食物匮乏,她们可以从狗嘴下抢下一块腌猪肝,来到农家,将它爆炒,痛快地吃一顿。她们还偷厨房的米饭和猪油解馋。她们三三两两的,在河畔嬉戏。然而,就在那里,也有看不见的斗争。比如生有水红嘴唇的音乐老师,是共产党,她有一天突然失踪了,据说是被国民党捕去了;而有着一双美丽大眼睛的同学闻立武,参与了学生运动,也是地下党。聂华苓从来都不是一个对政治敏感的人,这样的事,都是半个世纪之后,她才知晓的。

一九四〇年,聂华苓初中毕业后,与两位女生,搭上一辆木炭车,踏上了去重庆的旅途。由于盘缠不足,加之战乱,旅途受阻,每天只能吃两个被她们称为"炸弹"的硬馒头。尽管这样,女孩子爱美的天性,还是使她们从嘴下节省出一点钱,各买了一块花布,自己动手,缝制了一件直筒形的花袍子。辗转到了重庆后,聂华苓通过考试,在国立中央大学外文系读书。楼光来、柳无忌、俞大纲,都是外文系的名教。聂华苓坚实的外语基础,就是在那里打下的。在那里,她与六个性情相投的女孩子结为"竹林七贤",她们在苦读的时候,也不忘了到野外玩耍,"去橘林偷橘子,吃了还兜着走,再摘一朵野花插在头上"。《三生影像》第一部分的插图,我最喜欢的,就是一群女学生站在稻田里的照片。每个人的头上都插着一朵花,烂漫地笑着。她们的花样年华既有着淑女气和书卷气,又透着股豪气和野气，真是迷人。在重庆，聂华苓与同学王正路谈起了恋爱，虽然十五年后，他们最终还是分手了，但他留给了聂华苓一双可爱的女儿：薇薇和蓝蓝。

抗战胜利后，中央大学在一九四六年从重庆回到了南京，聂华苓在南京又读了两年，终于毕业了。一九四八年底，她和王正路一起到了北平，结为夫妻。那时人民解放军已经占领机场，北平围城开始了。他们的蜜月，是在枪炮声中度过的。北平解放了，聂华苓和王正路离开故土，飞往台湾。

聂华苓出生在大陆，她离开时，已经二十四岁了。她最早的文学熏陶、所受的教育以及世界观和艺术观的形成，与这片土地休戚相关。她用二十四年光阴扎下的这个根，牢牢的，深深的，这是天力都不能撼动的。没有它，就不会有日后挺拔的躯干和繁茂的枝叶。

读《三生影像》的第二部时，我的心是压抑的。那座宝岛，带给我们的，不是风和日丽的人文景象，而是阴云笼罩的肃杀之气。出现在那里的人，雷震、殷海光、郭衣洞（柏杨），一个个雕塑似的，巍然屹立。他们不是泥塑的，也不是石膏镌刻的，他们都是青铜质地的，刚毅，孤傲，散发着凛凛的金属光泽。

聂华苓到台湾后，赶上《自由中国》创刊，杂志社正缺名负责文稿的编辑，爱好写作的她就应聘去了那里，赚钱贴补家用。《自由中国》是由雷震先生主持的，他一九一七年就加入了国民党，曾担任过国民党政府的许多要职，一九四九年到台湾后，被蒋介石聘为"国策"顾问。而《自由中国》的发行人，是当时身在美国的胡适先生。对于这个刊物，聂华苓是这样说的："是介乎国民党的开明人士和自由主义知识分子之间的一个刊物。这样一个组合所代表的意义，就是支持并督促国民党政府走向进步，逐步改革，建立自由民主的社会。"显然，这是一份政治色彩浓厚的刊物。对政治并不感兴趣的聂华苓，像这个阵地墙角一朵烂漫的小花，安静地释放着自己的光芒。经她之手，林海音的《城南旧事》、梁实秋的《雅舍小品》，以及柏杨的小说和余光中的诗，这些已成经典的作品，一篇篇地登场了。如果说《自由中国》是一匹藏青色的布的话，这些作品，无疑就是镶嵌在布边的流苏，使它多了份飘逸和俏丽。然而，政治的台风，很快席卷了《自由中国》，因为夏道平执写的《政府不可诱民入罪》，《自由中国》和台湾统治权力者发生了最初的冲突，胡适在此时发表声明，辞去了发行人的角色。其后，又因为一篇《抢救教育危机》，雷震被开除了国民党党籍。一九五五年，国民党发动"党员自清运动"，《自由中国》又发出了批评的声音。到了蒋介石七十大寿，《自由中国》在祝寿专号中，批评军事组织和特务机构时，这本刊物可以说是已成为风中之烛。《自由中国》除了发表针砭时弊的社论，也登载反映民生疾苦的短评，雷震成了台湾岛的"雷青天"。胡适回到台湾后，一九五八年就任"中央研究院"院长。这期间，雷震与志同道合的朋友一起，雄心勃勃地筹组新党。雷震邀请胡适做新党领袖，胡适没有答应。但胡适是支持雷震的，说他可做党员，待新党成立大会召开时，他也会去捧场。我以为，以胡适的政治眼光和看待历史的深度，他是看到了雷震的未来的——不可逃避的铁窗生涯。他没有阻止，反而推波助澜，我想他绝对没有加害雷震的恶意，在他生命深处，真正渴望的，还是做一个自由而有良知的知识分子。徐复观有一篇回忆胡适的文章，他这样写道："我深切了解在真正的自由民主未实现以前，所有的书生，都是悲剧的命运，除非一个人良心丧尽，把悲剧当喜剧来演奏。"这话可谓一语中的。雷震其实就是一面竖立在胡适心牢中的正义和博爱的旗帜，有他，他会受到默默的激励；而当他倒伏时，尽管胡适也是痛楚的，但因为这面旗帜是倒在了心中，他便想悄悄把它掩埋了。胡适自称是个怀疑论者，徐訏在比较新文学运动的领袖胡适和陈独秀时，有过这样精辟的论述："胡适之性格冲和，宽大，平正，陈独秀性格凌厉，独断与偏激"，他指出胡适的性格中有"矛盾性与妥协性"。所以当一九六〇年九月雷震等人以"涉嫌叛乱"的罪名被捕入狱，殷海光等人挺身而出，为雷震喊冤时，胡适隐于幕后，只以"光荣的下场"这句"漂亮话"，打发了世人期盼的眼神。胡适以为他可以苟活，但是他错了。雷震入狱仅仅一年半以后，他在一个酒会上致辞时，猝然倒地，带着解不脱的苦闷，去了那个也许是"万籁俱寂"，也许仍然是"众声喧哗"的世界。那一刻，他才真的自由了。

我喜欢《自由中国》的殷海光，这个毕业于西南联大的金岳霖先生的弟子，正气、勇敢、浪漫，充满诗情。受雷震案的牵涉，他虽未入狱，但一直受到特务的监视和骚扰。这个声称"书和花，应该是作为一个人应该有的起码享受"的知识分子，最初是反对传统的，主张中国未来的道路是全盘西化。可在他苍凉离世前，他顿悟："中国文化不是进化而是演化，是在患难中的积累，积累得异样深厚。我现在才发现，我对中国文化的热爱。"

铁骨铮铮的雷震和傲然不屈的殷海光，最终长眠在"自由墓园"中。以他们的人格光辉，是担得起"自由"这个词的。

我想，聂华苓身上的正直和无私，她男人般的侠肝义胆、古道热肠，无疑受了雷震和殷海光的深刻影响。也就是说，她的躯干，之所以没有在非常岁月中，被狂风暴雨摧折，与他们有形无形的扶助，是分不开的。

一九五一年，聂华苓的弟弟汉仲在空军的一次例行飞行中失事身亡，她所供职的《自由中国》蒙难，家门外一直有特务徘徊，接着是母亲去世，而她和王正路的婚姻也陷入"无救"

状态。此时的聂华苓，可以说是陷入了生命的低谷。但是命运仿佛格外眷顾这位聪明伶俐的女子，就在这个阴气沉沉的时刻，她生命中的曙光出现了。这道光，照亮了她的后半生。

如果说《三生影像》是一首交响曲的话，那么它的前两个乐章，在行云流水中，有着挥之不去的惆怅；可是到了最后的乐章，它却是明快的、热烈的、奔放的。有谁不爱读第三部《红楼情事》呢！

保罗·安格尔先生，在美国是一位与惠特曼齐名的著名诗人，曾被约翰逊总统聘任为美国第一届国家文学艺术委员会委员，并任华盛顿肯尼迪中心顾问。这个马夫的儿子，出身贫寒，热爱艺术，中学时就发表了诗作。大学毕业后，他来到爱荷华大学，以一本《旧土》诗集，成为美国有史以来第一个用文学作品获得硕士学位的人。安格尔经历非凡，当他还在牛津大学读书时，便游历欧洲，结识了很多声名卓著的作家。一九三四年，安格尔创办"爱荷华作家工作坊"，一步步地把它发展为美国文学的重镇。他曾开玩笑地说过："猎狗闻得出肉骨头，我闻得出才华。"他"闻"出的最出色的才华，就包括美国著名女作家奥康纳。这个修女打扮的怯生生的女孩子，写出的小说诡异神秘，如梦似幻，已成经典。二战时临时搭建的简易的营房，就是作家们的教室。安格尔给学生上课时，有的学生带着狗来，还有的甚至用布袋提着一条嗞嗞叫的蛇来。为着作家工作坊，安格尔先生的足迹遍及世界，寻觅着好作家和好作品。他怎么也不会想到，一九六三年的台湾之行，会给他带来永生永世相守的人。我们从安格尔的照片中，可以领略到他迷人的风采。聂华苓是这样描述他的："第一次看到他，就喜欢他的眼睛。不停地变幻：温暖，深情，幽默，犀利，渴望，讽刺，调皮，咄咄逼人。非常好看的灰蓝眼睛。他的侧影也好看，线条分明，细致而生动。"而安格尔在晚年的回忆录中，写到他初遇聂华苓时的感受，有这样的句子："台北并不是个美丽的城市，没有什么可看的。但是因为身边有华苓，散发着奇妙的魅力和狡黠的幽默，看她就够了。从那一刻起，每一天，华苓就在我心中，或是在我面前。"他们一见钟情。在此之前，他们是一幅被撕裂了的山水画，各持半卷，虽然也风光旖旎，却没有气韵。直到他们连接在一起，这幅画才活了，变得生动。

他们结婚后在半山坡上筑起爱巢——红楼，他们一起划船，一起喂鹿，一起谈诗，一起举杯，看日落月升。他们在一起，永远有谈不完的话题。

爱荷华这地方，地处美国中西部，人口不多，安详宁静，仿佛世外桃源。按照南非女作家海德的说法："鸡粪那一类田上的事，可能是报纸的头条新闻"，非常适宜写作。一九六七年的一天，划船的时候，聂华苓望着波光粼粼的爱荷华河，忽发奇想，为何不在爱荷华大学原有的写作工作坊之外，再创办一个国际写作计划呢？一个为世界文学的交流和发展，做出过不可磨灭的贡献的计划，就这样诞生了。地球上不同肤色、不同种族、不同语言、不同文化背景、不同政治遭遇和生活际遇的作家，在其后的四十年间，以同一个目的，在爱荷华相遇了。我觉得从某种意义来说，这个写作计划，就是文学的"奥林匹克"。这个以文会友的盛会，为消除种族之间的敌视，消除不同社会制度下的人的隔阂，起了积极的作用。难怪一九七六年，安格尔和聂华苓因为这个写作计划，而被提名为诺贝尔和平奖的候选人。

在爱荷华这个文学大家庭里，我们看到了丁玲紧握苏珊·桑塔格的手；看到了以色列作家从最初坚决不肯与德国作家交往，到临别时主动与他们推心置腹地交谈；看到了伊朗女诗人泰皓瑞与罗马尼亚小说家易法素克之间临别之际爆发的深沉的爱恋。曾获得过诺贝尔文学奖的波兰诗人米沃什，爱尔兰诗人希尼，都曾是这里的座上宾。而诺贝尔文学奖最新得主，土耳其的帕慕克，也是国际写作计划邀请过的作家。

但作为中国人的聂华苓，对于身居海外仍然坚持用母语写作的她来说，那些用汉语写作的作家，才是她魂牵梦系的。国际写作计划在四十年间，共邀请世界各地作家一千二百多位，其中用汉语写作的作家，就占了一百多位。一九七九年中美建交后，萧乾成为第一位被邀请到爱荷华的中国作家。从他开始，中国作家的身影就不断地出现在那里。我们常常听聂华苓满怀深情地讲起到过这里的华文作家的一些逸事。那座红楼，留下过这样一些杰出作家的足迹：丁玲、王蒙、汪曾祺、艾青、萧乾、吴祖光、茹志鹃、陈白尘、徐迟、冯骥才、张贤亮、邵燕祥、柏杨、白先勇、郑愁予、余光中、杨逵、痖弦、谌容、王安忆、陈映真、阿城等。是她，最早为新时期中国文学中最为活跃的作家，打开了看世界的窗口。

聂华苓和安格尔于一九八七年退休，但聂华苓的目光，始终没有脱离她的"根"和"干"，她仍然积极地向国际写作计划推荐华文作家。一九九一年三月，聂华苓和安格尔先生离开爱荷华的家，满怀喜悦地去欧洲，准备领取波兰政府授予的国际文化贡献奖。他们在芝加哥机场转机的时候，安格尔先生猝然倒地，离别了他最不忍诀别的人。他在最后时刻，还是倒在了自己的祖国，倒在了他深爱的人的身边，倒在了他不倦的旅途中，他无疑是幸福的。

安格尔的离去，让聂华苓觉得"天翻地覆"，她也倒下了。但这个豁达开朗的红楼女主人，最终还是倚赖着安格尔对她刻骨铭心的爱，慢慢站了起来。看来一个在情感上富足的女人，是不会倒在任何命运的关隘上的。二〇〇一年，一度与中国中断了的国际写作计划，在聂华苓的努力下，又恢复了。聂华苓对我说，相隔多年，她想一定要请一位在国际国内都有影响的，将来能立得住的青年作家来爱荷华，她选择了苏童。时隔几年，她骄傲地对我说："我没有选错！"苏童之后，又先后有李锐、西川、孟京辉、余华、莫言、刘恒、毕飞宇等中国作家来到爱荷华。也许有人不会知道，中国作家去爱荷华的费用，有很大一部分，是由民间募集而来的。当地一些热爱文学的华人，包括聂华苓自己，为了让国际写作计划中能有中国作家参与，每年都要捐款。而现在，由于经费不足，对中国作家的邀请，又陷入困境之中，这也让她感到深深的无奈。

聂华苓说："我这辈子恍如三生三世——大陆、台湾、爱荷华。"这"三生"，其实也是她经历的三个不同时代。她在大陆度过了战乱中的童年和青年，在台湾经历了国民党的白色恐怖时代。在国际写作计划如火如荼之时，美国也正陷入越战的泥沼，国内的反战浪潮一浪高过一浪。虽然说与安格尔结合后，她过上了平静无忧的生活，但是对"根"和"干"的眷恋，对母语的不舍，还是使她这个定居美国的"外国人"，有着难言之痛。这种内心的矛盾，使她才情爆发，酣畅淋漓地写出了获得"美国书卷奖"的长篇小说《桑青与桃红》。

像聂华苓这样经历过三个时代风雨洗礼，依然能够笑声朗朗的作家，实在不多见。二〇〇六年，我在香港遇见台湾著名诗人郑愁予先生，与他在兰桂坊饮酒谈天说起聂华苓时，他用了"风华绝代"四个字来评价她。聂华苓自称是一个有着小布尔乔亚情调的人，她爱憎分明，爱会爱得热烈而纯真，恨也恨得鲜明而彻底。她是一个艺术至上的人，这也就不难理解为什么她父亲死于红军枪下，而她却仍然能够与安格尔合译毛泽东的诗词。台湾因为她这个举动，骂她"亲匪"，不忠不孝，背叛父亲的亡灵，以至一度不允许她回台。聂华苓在接受记者采访时说："我最不关心政治，但政治似乎一直在缠我。"这句委屈话，听起来别样地苍凉。

　　国际写作计划的前两个半月以各种话题讨论、文学交流、参观及写作为主，后半个月则是旅行，每个作家都可以按个人兴趣自行设计旅程。二〇〇五年十一月，刘恒去了纽约，我去了芝加哥，归国前，我们又回到爱荷华。冬天来了，虽说还没下雪，但天儿已冷了。归国的前一天，我们来到安寓，在山林中拾捡烧柴，抱到红楼的壁炉旁，以备华苓老师生壁炉用。天渐渐黑了，我们生起火，围炉喝酒谈天。谈着谈着，她忽然放下酒杯，引我来到卧室。她拉开衣橱，取出一套做工考究的中式缎子衣服，斜襟，带扣襻的，银粉色，质地极佳。她举着披挂在衣架上的那身衣服，笑吟吟地说："我已经嘱咐两个女儿了，我走的那天，就穿这套衣服！怎么样？"那套衣服出水芙蓉般地鲜润明媚，我说："穿上后像个新娘！"她大笑着，我也笑着，但我的眼睛湿了。没有哪个女人，会像她一样，活得这么无畏、透明和光华!

　　安格尔先生安葬在爱荷华的一座清幽的墓园里,离红楼并不遥远。我记得十月十二日安格尔生日的那天,华苓老师驾车,我们带着他生前喜爱的鲜花和威士忌,一同去看望他。清洗完墓碑,华苓老师将酒洒在墓前,向安格尔介绍着刘恒和我的情况。介绍完,她莞尔一笑,轻抚着墓碑,无限感慨地对我说:"你看,这里很好,很宽,将来把我再放进去就是了。"她已经把自己的名字,提前刻在了碑上。我多么希望上帝紧紧捏住她的那个日子,永不撒手,虽然我知道对于任何人来说,那一天总会来临的。那座墓碑是黑色大理石的,圆形。不过它不是彻头彻尾的圆,而是大半个圆,看上去就像一轮西沉的太阳,在温柔的暮色中,闪闪发光。

戴妮与吉安拉

一九九六年底,我接到一封来自德国的信。发信人是洪堡大学的一名研究生,叫戴妮。戴妮说她读了我的一些小说,很喜欢,想以我的创作作为她硕士毕业论文的选题。她同时附寄了一份她整理的有关我作品的目录。她在信中很自信地说:"我送给你我找到的你的小说表,我以为你没有这样的小说表,所以希望它对你有用。"的确,我没有这样的"小说表"。令我吃惊的是,有一些我已经淡忘的作品,譬如八十年代初期刊登在《花溪》等杂志的小说,也赫然列在目录中。据她后来在电话中讲,德国图书馆的中文杂志很多,小说表就是她搜集了图书馆有关我的资料后列制出来的。在那个小说表上,我的小说作品很少有遗漏的。这之后不久,我的日文小说的翻译者、东京都立大学的土屋肇枝也寄来了我的另一份作品目录,它涉及的更广泛一些,连我发表在报纸副刊上的散文以及有关我作品的一些评论,都搜集到了,他希望我能修订这个目录。这两份表使我受益匪浅。前年《小说评论》做我的一个作品专题,主持这个栏目的武汉大学中文系的於可训教授让我提供一份详尽的作品发表目录,我就把这两份表格翻出来,让它们互相"补充",整理了一份较为完备的"小说表",如今它就存在我的电脑中,需要时,打印一份即是。在国内,我也曾接到过北京大学、中山大学等学生寄来的信,他们一样也是要以我的小说创作为题,做研究生的毕业论文,他们向我求助,希望我提供创作年表、作品目录等资料。这时候我就会感慨,同样是做论文,我们的学生就不会自己"吃苦",去图书馆做扎扎实实的资料准备,虽然他们在国内有着更多的便利条件。

一份小说表,比一张精美的圣诞卡更让我欣喜,虽然未曾谋面,我对戴妮的好感却是油然而生。这之后,她时有信来,要么求证一篇小说的写作年份,要么寄来一些明信片,向我描述柏林春天的风光,描述茨冈人的房子、法国南部山地上的薰衣草等等。从她寄来的照片上可以看出,戴妮脸形瘦削,目光格外沉静。也正是这种沉静,让人觉得她的气质中有微微的"冷",这种"冷"对一个少女来说,有如苹果上的露珠,是一种特别的美。戴妮的硕士论文顺利通过了，毕业之后，她的信来得少了，后来忽然有一天，她告知我她要结婚了，未婚夫是美国人。她说："以后我要住在美国了，这让我的父母和弟弟不高兴。"但她以我的小说《亲亲土豆》为例，说她推崇我在那里所描述的"生死之爱"，只从心理感觉出发去体味爱情，她称"西方人一辈子都在找这种爱情"。这大约是戴妮写给我的最后一封信了。她现在是在美国其乐融融地陪伴着丈夫呢，还是仍在德国，我一无所知。但我相信，在劳碌的生活中，戴妮总会找一个独处的空闲时光，阅读她喜欢的作品。

　　交往了两三年的戴妮从我的视野中消失之后，一个意大利女孩带着她满身的浪漫之气朝我走来，她叫吉安拉。二〇〇〇年春天，我接到一封来自威尼斯的信，她说自己是威尼斯大学的学生，看过我的小说，喜欢我描述的北国风土人情，她要在毕业论文中论述我的小说。她说自己在九月份来清华大学学习两个月，希望能与我取得联系。与此同时，她在威尼斯大学的指导教师也写来推荐信。我回信告诉她，秋天时我在北京有一个新书的发布活动，届时我们可以见上一面。我把自己的手机号码告诉她，想到接受一些采访时可能会关手机，为保险起见，又把中国作协外联部的电话也给了她。结果吉安拉一到北京，就跑到外联部询问我到北京的确切日期。接待她的钮宝国先生在给我打电话的时候说："这个意大利女孩太可爱了，简直是个天使!"她在外联部跟钮宝国聊得格外融洽,所以她离开中国时送给我的礼物,也都寄存在那里。

十月份我见到了吉安拉。记得那是一个阳光灿烂的上午,作家出版社在一家茶楼举行我的长篇《伪满洲国》的新闻发布会,我把吉安拉约到那里。她背着一个双肩带的牛仔包,穿一条水磨蓝的牛仔裤,银粉色的棒线高领毛衣,披着一头金色的长发,白净的肤色衬着那双明媚的大眼睛,唇角有些微微的上翘,很娇嗔的样子,看上去纯洁而又活泼,诚如钮宝国所言,简直就像一个天使!打过招呼,她进了茶楼的第一件事就是放下那个沉重的牛仔包,从里面一本本地往外掏着书。她跑了北京很多家书店,将能买到的我的书都买来了,难怪那包如此沉重!一些书的书页中插着字条,有她准备向我提的问题。她还送给我一条银粉色的丝巾。我发现她很钟爱银粉色。只有内心洋溢着无限光明且又富有情调的女孩才会喜爱这种颜色。我们简单交谈过后,我先被安排接受媒体的采访,这时的吉安拉取出一个小录音机,问我她可以做录音吗。我说可以,她就悄悄把录音机打开放在茶桌上。等我接受完所有的采访朝她走去,说余下的时间可以留给她,她尽可以向我提问的时候,吉安拉看着有些疲倦的我很善解人意地举着那个小录音机说,她要问的大多的问题别的记者已经问了,她只问我两个别人没有提到的问题。于是我就轻松地一边喝茶一边和她讨论小说,不知不觉已到中午，由作家出版社做东，我们一起吃了午饭。席间，我有一次叫她"安吉拉"，她马上摇着头很严肃认真地纠正我："不，是吉安拉。"引来同席的新闻界朋友们的一片笑声。她实在是太可爱了。

吉安拉在回意大利前，特意来到哈尔滨找我。她事先没有打电话，而那时的我已经回故乡塔河了。她在后来的信中说，她喜欢哈尔滨的冰雪，因为看了《伪满洲国》，她到了哈尔滨很想参观东北烈士纪念馆和731部队遗址，可惜它们都闭馆，她说很遗憾。她告诉我她留在钮宝国那儿一个包裹，有送我的礼物。

这之后，她不断地写信来，告诉我她的论文准备到什么程度了，她去哪里旅行了，她着手翻译我的《观彗记》了等等。她的信中常夹着各种赠我的艺术卡。前年的圣诞节，她竟然空邮来一块硕大的蛋糕和一些果仁饼给我，令我感动不已。去年，她已经顺利地从威尼斯大学毕业，她寄来了毕业那天和家人的合影，吉安拉捧着一束花，笑得格外灿烂。

我爱人去世后，我有很长一段时间不接电话，也无心思回复任何来信。吉安拉的几封来信在我这里也就受了"冷落"。等我有勇气给她复信，简述了生活变故后，她很快写来了信，她在开篇写道："你现在什么也不要想，想你的身体！"这句话使我流下泪来。去年我出访加拿大，在外联部的钮宝国那里打开吉安拉寄存在那几近两年的包裹,那里面有意大利面条、咖啡和巧克力,最让我意外和感动的是,她亲手做了一个白麻布的手袋给我。手袋上绣着我的名字。她把我的签名从书中描下来,用丝线勾勒它们。她用了两种颜色的丝线,一种是藕荷色,另一种就是银粉色了。

  吉安拉是银粉色的,我真不愿意时光会抹去她身上的这种颜色,不愿意让苍凉之色在多年以后悄悄爬上她的额头,虽然我知道时光就是如此的残酷。如果有一天她像戴妮一样从我的视野中消失了,我愿意她是因为幸福而消失。

那一抹金秋的灰色

抵达悉尼的当日下午,乔伊斯基金会的艺术主任克拉拉女士就为我安排了一个媒体见面会。由于从北京出发到香港,在香港逗留了八个小时,接着又飞行十几个小时到达澳洲,我和翻译吴欣蔚已是头晕脑涨,只有一个睡的心思。所以放下行李,简单梳洗一番就去参加活动,我在下旅馆的台阶时觉得两腿发软。

那座旅馆是灰色的,不高,也就三四层的样子,没有电梯,呈圆弧形,天井里栽种着几棵高耸的绿树、一些藤萝及花草。当我们走到二楼时,迎面上来一个五十上下的女人,她穿一件灰色套头棉绒衫,瘦削的脸,淡黄色短发,手拄一根灰色的拐杖。楼梯很窄，她停下来，侧着身，满面和善地望着我们，让我们先过。当我们经过后，从背后传来了她继续攀爬的声音，那是一根拐杖敲击水泥台阶的声音，清脆，但让人觉得沉重。

吴欣蔚说："她会不会是爱尔兰来的得奖的女诗人？"

我说："不可能，她拄着拐杖！"

也许我在国内见惯了那些青春靓丽、活泼风骚的女诗人，所以在潜意识里认定女诗人与拐杖是无关的。

第二天，克拉拉女士将爱尔兰诗人引见给我们，她确实就是那个穿着灰色衣裳的拄着拐杖的人！她的英文名是 Kerry Hardie，我叫她"开瑞"，我对她讲，在中文中，"开瑞"是吉祥之意，她听了很高兴。

由于我们的报告会和作品朗诵会安排在不同的时间和场地，所以在悉尼最初的日子，我们之间的接触并不多。克拉拉女士说，开瑞身体很差，所以不敢给她安排过多的活动。她每天很早就休息了。

我们真正的了解，是在达尔文市开始的。我们一同乘五小时的夜航飞机到达尔文参加作家节。达尔文天气闷热，我和翻译被安排住在同一间屋子里，而她自己独享一间。为此，她主动给主办方打电话，为我们交涉，让我看到了她的善良。达尔文是个小城，人烟稀少，风景优美，我每天吃过早饭，喜欢坐在海边公园的长椅上，看海上的风景。海的变幻并不大，可海上的云，变幻却极为妖娆。我喜欢看那些来去无定的云。有的时候从海边归来，会碰到开瑞，她总是笑盈盈地问我："你又去海边了？"这时我就觉得自己像一个逃课的孩子，因为我知道，即使是在旅行中，开瑞也在每天坚持读书写作。克拉拉女士说，开瑞在爱尔兰影响很大，连总统都盛赞她的诗歌，所以我曾固执地以为她是一个写"政治抒情诗"的诗人。

从达尔文回到悉尼后，我们受皮特先生的邀请，又一同来到蓝山国家写作中心。我们住在Verona，那是一座米色的两层小楼，位于蓝山中，每个房间都有工作间。澳洲正值深秋季节，蓝山上的枫树红得如火，当年去加拿大想看久负盛名的枫叶，没有如愿以偿，在蓝山却是得到了意外的回报。每天清晨，清亮的阳光和此起彼伏的鸟鸣会早早把我唤醒。我索性起床，去呼吸新鲜空气，出了门，我会发现开瑞已经起来了，她神色怡然地散着步，我便和她简单交谈几句。开瑞知道我英语极差，所以她总是放慢语速，挑那些最易懂的单词和我交流。很奇怪，别人讲的英语我听起来如闻天书，一头雾水，而开瑞讲什么我基本都能听懂。她对我说，她家不住在都柏林，她喜欢乡下的生活，她家的房屋前像蓝山一样有许多鸟，说着，她还调皮地噘着嘴，学那形形色色的鸟叫，我们开怀大笑。由于在蓝山要住八天，我也有了创作冲动，所以白天时埋头写作，到了晚上大家聚集在一楼的壁炉前的圆桌上，才可以畅快交谈。由于身体的缘故，开瑞滴酒不沾，而我喜欢喝澳洲的红酒。每当我步行下山去酒铺买酒时，开瑞就会笑话我。她对我说，你喝得太多了！其实我再贪杯，最多不过半瓶左右，但她总是提醒我要节制饮酒。有的时候，她会像小女孩一样好奇地舔一舔我的酒杯，微微沾一点葡萄酒，在赞叹它美好的时候，却强迫自己放下酒杯。这时我就很同情她，憎恨她不能离身的拐杖。开瑞说，她原来身体很好，可是有一年，她的腿突然失去知觉，这样她在病床上躺了好几年。在病中，有一次她见到一个女巫师，她从一只水晶球上，看到了中国的长城，预言开瑞有一天会康复，而且会来中国。果然，她靠着拐杖能自如行走了，而且医生告诉她，再经过一场手术，她将会扔掉拐杖。而巫师的另一个关于她会看到长城的预言，也实现了。因为"悬念句子奖"是由澳大利亚、中国和爱尔兰共同举办的，作为获奖者，她将访问中国。开瑞说她获知自己得奖的消息时，眼前出现的就是长城的形象。

在蓝山，翻译吴欣蔚译了开瑞的一些诗给我看。我非常喜欢她的诗，清新而带着淡淡的忧郁，深沉而又明亮，比如那首《冬天的心》的结尾：又是准备迎接黑暗的时候了／夜空被繁星撕成无数碎片／风，呼啸着／穿过坚固的堡垒／却熄灭不了堡垒中熊熊的火焰！

开瑞喜欢穿灰色的衣服，在金秋的蓝山，这抹灰色比紫白红黄还要灿烂！当我在山林中为了使壁炉的火更加蓬勃而自如地抡着斧头劈柴的时候，开瑞就歪着头站在我旁边，无限惊奇地看着我；当我散步被山村中游荡的狗给吓回来时，她就上前拥抱着我，安慰我。我们分手的时候，她执意要下山为我买酒，为我们的告别晚宴助兴。想着她拄着拐杖步行两里路去酒铺，我的心除了感激之外，还有一种说不出的痛。我谢绝了她，开瑞显得有些怅然。

　　当我在都柏林的酒吧端着爱尔兰的黑啤酒为欧洲杯足球赛而欢呼时，开瑞已经来到中国，登上了她梦想的长城！开瑞那天可曾穿着灰色的衣衫？如果是，那么古老的长城接纳的，就是一朵来自爱尔兰的透明、忧郁而又温柔的云！

我说我

我生来是个丑小鸭，因为生于冰天雪地的北极村，因此不惧寒冷。小时候喜欢犟嘴，挨过母亲的打。挨打时，咬紧牙关不哭，以示坚强。气得母亲骂我："让你学刘胡兰哪？"

我幼时淘气，爱往山里钻，爱往草滩钻，捉蝴蝶和蝈蝈，捅马蜂窝，钓小鱼，采山货，摘野花，贪吃贪玩。那里曾有一些问题令我想不明白：树木吃什么东西能生长？树木为什么不像人屙出肮脏的屎尿来？鱼为什么能在水里游？鸟儿为什么能在天空中飞？野花如何开出姹紫嫣红的色彩？如今看来，这些问题我仍旧没想明白，可见是童心未泯，长进不大。

父亲是小学校长，在哈尔滨读的中学，在二十世纪五六十年代人烟稀少的大兴安岭，他就是秀才了。他吹拉弹唱样样都行，喜欢喝酒，顶撞上司，清高自负，极其善良。因为喜欢曹子建的《洛神赋》，就想当然地把我的名字冠以"子建"二字，幸而我还能写点文章，否则迟家若是出了个叫"子建"的农夫，他起的名字就是一个笑话了。父亲毛笔字写得好，在永安小镇时，每逢春节他都要铺开红纸，饱蘸笔墨书写对联。他鼓励已上初中的我编写对联，我欣然从命，有一些被他采纳后龙飞凤舞地写在纸上，贴在寒风凛冽的户外。看到大门两边贴着的对联内容是由我胡诌的，我便沾沾自喜了。那算是我最早的作品，编辑和发表者是父亲，我没有一文的报酬，读者只限于家人和左邻右舍。

我喜欢小动物，养过一只毛色发灰的野猫，将它的腿缚在椅子腿上，否则它就乱窜乱跳，比老虎还要威风。我还养过狗。当然，这是些有兴趣的收养。最无聊的是养猪养鸡，这些动物家家户户都养，没什么特点，尤其是猪，它食量惊人，放学后不得不出去给它采菜回来烀食，把人累得头晕眼花的目的无非是让猪长膘，之后把它杀掉当成美餐分食，而食物又化成了田地肥料，这样循环往复地一想，便觉无趣，觉得人是世界上最无聊的动物。

大自然亲切的触摸使我渐渐对文字有了兴趣。我写作的动力往往来自它们给我的感动。比如满月之夜的月光照着山林，你站在户外，看着远山蓝幽幽的剪影，感受着如丝绸般光滑涌动的月光，内心会有一种湿漉漉的感觉，这时候你就特别想用文字去表达这种情感。我爱飞雪，爱细雨，爱红霞漫卷的黄昏，爱冰封的河流，爱漫漫长冬的温存炉火。直到如今，大自然给了我意外的感动后，我仍会怦然心动，文思泉涌。

我出身的家庭清贫，但充满暖意；我出生之地文化底蕴不深厚，但大自然却积蓄了足够的能量给予我遐想的空间；我的祖父和父亲早逝，亲人的离去让我过早感觉到人世间的沧桑和无常。我明白一朵云聚了会散，一朵花儿开了会谢，河水总是向前流，春夏秋冬，日月更迭，周而复始。大自然的四季轮回，令我们每时每刻能感受到，让我们明白它们是万古长青的，而人生的四季戛然而止后，我们还看不到人的轮回，只能用心灵去体悟、发现和领会。我渴望着年事已高时能做到"不说人间陈俗事，声声只赞白莲花"，能够在老眼昏花时看到人生真正的绚烂境界，那将是一种大喜悦、大感动。

对于生活，我觉得庸常的就是美好的。平常的日子浸润着人世间的酸甜苦辣的情感，让你能尽情品咂。对于文学，我觉得应持有朴素的情感，因为生活是变幻莫测的，朴素的情感能使文学中的生活焕发出某种诗意，能使作家葆有一颗平常心和永不褪色的童心，而这些在我看来都是一个作家最应具备的素质。

画自己很难，因为人是渴望完美的动物，画自己难免要不由自主地美化。作家在自述中描述自己，表达自己的情感，也难免会沾染上某种虚荣习气，因此还是不多说为好，免得骄纵了自己。

记得一九九七年我迁入新居后，曾站在阳台看楼下空地上的那一排排死寂的仓棚，心想若是把它们拆了，建一座花园该有多好。天遂人愿，去年果然是将那些仓棚一扫而空，修了花坛和凉亭。然而它带给人的并不是赏心悦目的感觉，而是持之以恒的喧闹。孩子们在花坛四围奔跑嬉闹，凉亭常有打牌的吆喝声。最近，一个精神病患者又看上了这块风水宝地，每日拣了垃圾箱里的破布，披挂在肩上，坐在凉亭的石凳上，吃着随便捡来的剩饭，满面尘垢地望着往来的居民，心无旁骛地笑。楼下的小花园倒不如先前的那些仓棚能给人带来安宁和遐想了。理想与现实究竟有多远？我想要多远就有多远。

两个人的电影

有母亲在,我生命中的电影,就永远不会是一个人的。

编辑趣闻

当编辑的那三年，每逢风和日丽的日子，我就步行去上班。穿过幽静的国庆街，便来到了繁华的中山路。上早班的自行车流常常使我很难过马路。有时顺手买份报，边走边看；有时看见体重秤，就上去看看自己是否仍是个十足的千金小姐。当然，碰到卖小零食的，胃就不安分起来，引着我去买。我在那条街上总是看见进城打工的农民聚在马家沟河石桥那等活干，有时他们闲得无聊就嗑瓜子儿。你若是看见瓜子儿皮厚厚地铺满了他们的身下，便知他们早早就出来，而又无事可做。也有富有情调的事情发生，譬如脸庞黑红的乡下姑娘在某个街角卖白色的串铃花或者是打着粉色花蕾的达子香花。赶到单位，就要足足耗去四十分钟。在椅子上喘口气，然后打开水，接着扫地拖地，最后沏上一杯清茶，一天的工作就开始了。也无非是翻翻存稿，然后再用红笔处理一下已通过的稿子。午饭后张罗几个人打扑克，若是人手不够，就斜倚在沙发上眯一觉。不知不觉太阳就向西了。

当编辑期间曾碰到一些有趣的事。有一个乡下的农民，不止一次到编辑部送稿，每次他都说刚下火车，浑身汗涔涔的。我们说：你把稿子寄来就行了，何必要坐上火车来？他说他不放心，现在坏人多，要亲自交到我们手上他才放心。他每次走都恋恋不舍地看着编辑部，仿佛这里是一座皇宫似的。他总是央求我们，差不离就给他发一篇吧，他出点钱也行，回家后老婆孩子好能瞧上他。他的稿子就是用小学生的算术本写成的，字迹歪歪扭扭不说，错别字满篇，句子也不通顺，开篇就写民兵如何紧急集合去执行任务。我们看过之后不由得笑起来，笑过之后又觉得辛酸。我还碰到过一个西装革履的买卖人，他有一天醉醺醺地来到编辑部，说他要写一篇论文，能证明牛顿的理论全都是扯淡，说他发现了新的宇宙观，能获得诺贝尔奖。我想他要得的是诺贝尔物理学奖，他是走错了地方。

可谁又能保证自己不走错地方呢？当霓虹灯使所有的街道都失去自身特点，当自鸣钟的报时声总是把陈旧的早晨推给我们，当单调乏味的工作把我们的黄金时间一寸寸地耗蚀掉，我们心怀忧戚之时，会不会也有一种误入歧途的感觉呢？

两个人的电影

母亲今春血压居高不下,我怀疑是故乡的寒冷气候使然,劝她来哈尔滨住上一段,换换水土。她来了。说也怪,她到后的第二天,血压就降了下来,恢复正常。我眼见着她的气色一天天好看起来,指甲透出玫瑰色的光泽。她在春光中恢复了健康,心境自然好了起来。她爱打扮了,喜欢吃了,爱玩了,甚至偶尔还会哼哼歌。每天她跟我出去散步,看待每一株花的眼神都是怜惜的。按理说,哈尔滨的水质和空气都不如故乡的好,可她却如获新生,看来温暖是最好的良药啊。

白天,我看书的时候,母亲也会看书。她从我的书架上选了一摞书,《红楼梦》《毛泽东的晚年生活》《慈禧与我》等,摆在她的床头柜上。受父亲影响,她不止一次读过《红楼梦》,熟知哪个丫鬟是哪一府的,哪个小厮的主子又是谁。大约一周后,她把《红楼梦》放回去,对我说,后两卷她看得不细。母亲说《红楼梦》好看的还是前两卷,写的都是吃呀喝呀玩呀的事情,耐看。而且,宝玉和黛玉那时还天真着,哥哥妹妹斗嘴斗气是讨人喜欢的。到了后来,宝玉和宝钗一结婚,小说就不好看了。母亲对高鹗的续文尤其不能容忍,说他不懂趣味,硬写,把人都搞得那么惨,读来冷飕飕的。她对《红楼梦》的理解令我吃惊,起码,她强调了小说趣味性的重要。

母亲对历史的理解也是直观朴素的。那段时间,我正看关于康有为的一些书籍,有天晚饭时同她聊起康有为。她说,这个人不好啊,他撺掇着光绪闹变法,怎么样?变法失败了,他跑了。要是不叫他,光绪帝能死吗?为了证明她的判断是正确的,她拿来《慈禧与我》,说那里面有件事涉及康有为,也能证明他的不仁义。母亲翻来翻去,找不见那页了,她撇下书,对我说:"不管怎么着,连累了别人的人,不是好人啊。"康有为就这样被她给定了性。

我想让母亲在哈尔滨过得丰富些,除了带她到商场购物,去饭店享受美食,去植物园看牡丹和郁金香外,还带她进剧场。我陪她看了一场京剧,是省京剧院在五月份推出的"京剧现代戏经典剧目回顾展",上演的是《红色娘子军》《沙家浜》

《磐石湾》《海港》等的片段。当舞台上出现穿着蓝军服、戴着红袖标的娘子军时,母亲直摇头。而到了《磐石湾》的演员演唱"负伤痛冲破了千层巨澜"时,她干脆堵起了耳朵。好不容易挨到戏散,她得救般地对我说:"这样板戏有什么好看的?太难听了!现在怎么还演这个?这东西怎么还成了'经典'了?"母亲接着说了一大堆传统折子戏的名字,什么《打渔杀家》《贵妃醉酒》《霸王别姬》《杜十娘》《空城计》等,她说:"还得是这些老戏是个东西啊,样板戏那叫什么玩意啊!"听了她的话,我回去后给她放梅兰芳的唱碟,谁知她对我说:"换了换了,我最不喜欢梅兰芳的戏了。"我诧异,问她为什么,她说:"我不喜欢男人扮女声,听起来不舒服。"母亲真是本色到家了。

刘老根大舞台最近落户哈尔滨的工人文化宫,每晚都有演出,场面很火爆。我约母亲一同去看,她说:"那东西有什么看头?就是耍嘛!"母亲伸出手来,绘声绘色地学着演员:"这边观众的掌声不热烈呀,给点掌声好不好啦?"她说她受不了这个。不过她没有拗过我,有一天,我还是把她拉到剧场。虽然不是周末,但上座率还是很高。母亲说得没错,演出一开始,演员就朝观众要掌声,有的还蹦下台,在观众席中怂恿观众鼓掌。高分贝的音乐震耳欲聋,母亲再次堵起了耳朵,一副痛苦状。演出只到半程,当又一位演员出场后耸着肩膀嬉皮笑脸地要掌声时，母亲终于忍不住了，她几乎是用命令的口气大声对我说："咱走吧！"我也没有料到演出是那么低俗，赶紧跟着她出来了。出了剧场，她长吁了一口气，对我说："怎么样？我说就是个'耍'嘛。花着钱遭着罪，再坐下去，我都要犯心脏病了！"

有一天，我和母亲黄昏散步时路过文化宫，看见王全安导演的《图雅的婚事》在上映，立刻买了两张票。我知道这部电影在柏林国际电影节上拿了奖。按照票上的时间，它应该开演五分钟了，我正为不能看到开头而懊恼呢，谁知到了小放映厅门口却吃了闭门羹。原来，这场电影只卖出这两张票，放映厅还没开呢。我找来放映员，他说坐飞机要是一个乘客，人家都得给飞，电影票呢，哪怕只卖出一张，他也会给放的。放映员打开门，为我和母亲放了专场电影。当银幕上出现了蒙古包、羊群和淳朴的牧民时，母亲慨叹了一句："这是真景啊！"母亲看过两部流行大片，对里面电脑制作的假景很反感，所以这真实的场景让她觉得亲切。故事很简单，一个女人征婚，要带着"无用"的丈夫嫁人。而这个丈夫之所以"废"了，是因为打井所致。这背后透视出的是草原缺水的严峻现实。虽然它与多年前轰动一时的《老井》有似曾相识之处，但影片拍得朴素、自然、苍凉而又温暖，我和母亲被吸引住了，完整地把它看完了。出了影厅，只见大剧场刘老根大舞台的演出正在高潮，演员在台上热闹地和观众做着互动,掌声如潮。

我和母亲有些怅然地在夜色中归家,慨叹着好电影没人看。快到家的时候,母亲忽然叹息了一声对我说:"我明白了,你写的那些书,就跟咱俩看的电影似的,没多少人看啊。那些花里胡哨的书,就跟那个刘老根大舞台一样,看的人多啊。"

母亲的话,让我感动,又让我难过。我没有想到,这场两个人的电影,会给她那么大的触动。那一瞬间,我觉得自己是幸运的,因为有母亲在,我生命中的电影,就永远不会是一个人的啊。

傻瓜的乐园

傻瓜成傻的原因各不相同，但他们成傻后的快乐却是相同的，喜欢游逛，喜欢笑。

我童年生活的山村不过百户人家，但却有六七个傻子，他们的存在，曾给处于游戏年龄的我带来无尽的快乐。在我看来，我们那个四面环山的村子就是他们生活的乐园。

我家的后一趟房，有一个傻子，他叫大肥。他也是那几个傻子中唯一不出门的一个。大肥长得又白又胖，他整天躺在摇车里，除了吃，就是睡，连翻身也不会，别人说他出生后就没长骨头。夏天时，他的家人爱把他的摇车吊在院子的稠李子树下，我在自家的后屋常能听见他的哭声，他哭的声音不是婴儿的那种奶声奶气，而是跟大老爷们一样地粗着嗓子号，也难怪，虽然他看上去只有两三岁的样子，但他已经有十来岁了。我喜欢悄悄溜到大肥家去拉他的手，他的手软得跟豆腐一样，浑身雪白雪白的。我一拉他的手，他就笑。他本来就爱流涎水，一笑涎水就更多了，简直跟从山涧流下的泉水一样，弄得脸颊湿漉漉的。因着这涎水的缘故，他的脖子终日围着一条毛巾，使他看上去像个放懒的伙夫。大肥的家人很忌讳我们去看他，所以一旦被他的家长发现，就会被呵斥出去。周围的邻居都说，大肥是个怪物，说他活不长。他果然没有活长，十几岁时就死了。夏天时，在晴朗的夏夜听不到后院大肥的哭声，我很难过，仿佛是眼看着一个神话破灭了，觉得生活暗淡了许多。

　　我最怕的傻子，叫二毛。他像恶狗一样具有攻击性。他很喜欢在街巷中穿行。他总是穿着灰突突的衣裳，胡子拉碴的。他独自走着时始终笑嘻嘻的，但他见到某些人时就会愤怒。有时他会突然揪住一个人大打出手。所以一看见二毛从前方走来了，明明他满脸的笑容，我还是会飞也似的朝家奔，关门闭户，敛声屏气地看着二毛经过。二毛也怪，你越躲他，他就越狂躁，他会把紧闭的门拍得山响，吓得我的心突突地跳，喘气都不匀了。虽然怕二毛，但还特别想见到他，见到他呢，就得掌握好和他的距离，看够不够逃跑的，我可不想被他像猫捉老鼠一样给摁在爪下。和二毛的相遇，因为有着冒险的成分在里面，就有些惊心动魄的意味了。二毛最终的结局怎么样，我不知晓，有人建议他的家长，给他说个媳妇，说那样他的病就会好了。但从我离开那个小山村为止，二毛还是独行着的，没见他的身边有小媳妇陪伴着。

　　最有情趣的傻子，叫傻仨。傻仨是我同学的弟弟，他在家排行老三，大家都叫他傻仨。据说他是得了脑炎后变傻的，原来他是一个极伶俐的孩子。他喜欢唱歌，唱的是什么谁也不清楚。他不像二毛那样有攻击性，但村子里的小孩子还是怕他，一见傻仨来了，就像小鸡被老鹰追逐似的四处奔逃。傻仨认得我，他远远地见了我就会喊我的名字——迟子弹，他发不好"建"的音。我一听他叫我迟子弹，就气得火冒三丈，我会撵着他，声言要揍死他，傻仨就一路朝家逃，边跑边喊："妈呀，迟子弹要打我！"傻仨最忌讳家人说他傻，据说谁要说他傻了，他就会把家里的挂钟和收音机给拆卸了，拆完之后，再把每个零件各就各位地安上，收音机照样能说话，挂钟也照旧有板有眼地行走，让我们这些不傻的孩子都佩服得五体投地。我离开小山村多年后，有一次重归故里，在街巷中又看到了傻仨。他分明已经是个大人了，个子高了，眼睛还是那么的明亮，我以为他早把我忘了，谁料他定定地看了我半晌，突然指着我大叫："妈呀，迟子弹！迟子弹！"说着回头就跑，好像我手里真的端着一杆枪，子弹已经上膛，要把他的脑壳击碎似的。听母亲说，傻仨也死了，听说是冻死的。

最浪漫的一对傻子，是大潘和二潘。他们是一对双胞胎兄妹。他们的父母是表兄妹，属于近亲结婚。大潘二潘非常能干活，他们夏季时跟着父母去田间劳作，冬季时拉着爬犁上山拉烧柴。他们喜欢手拉着手在林间小路上游荡，采野花啊，折松树枝啊什么的。我们在林间戏耍时常常能看见他们的身影。他们见了我们喜欢"啊啊"地叫着打招呼，很友好。人们都说，大潘二潘这么好，干脆就让他们结婚算了。可他们的父母并没有那么做。他们形影不离的样子让那些常常会反目成仇的兄弟的家长非常地羡慕，他们都说还不如生对大潘二潘那样的兄妹呢！前些年母亲对我说，大潘的消息她不知道，倒是二潘，她嫁了人，听说还生了一个大胖小子呢！

摆旧书摊的老伯

有一天,离我楼下很近的街角出现了一个旧书摊。摆摊儿的是一个约莫六十岁的老伯,他微胖,穿件烟色灯芯绒上衣,戴顶呢毡帽。他卖的旧书放在用两个方凳支起来的宽大木板上。我在此买过有关中东铁路和东北抗日联军的书,使他一度以为我是做历史研究工作的。因为常去那里,所以他与我也熟识了,老远见到我就冲我微笑,有时他举着一册自认为有价值而非我莫属的旧书,可我看后却不感兴趣,他便显得十分沮丧。后来大约有几个月的时间他不再摆旧书摊,等他再出现时,书还是旧书,不过人看上去瘦了不少,而且腿脚极不利索了。那天我发现了杨慎《升庵全集》中的两册,问他价格,竟然比想象的高出几倍。我与他讨价还价时,他用凄凉的口吻说他刚刚患了脑血栓,如果不是需要钱,他无论如何不舍得卖它们。我心生愧意,忙把钱如数给他。从那以后,每每经过他的旧书摊,我都要停下来看看书,跟他聊上几句。

去年秋天,我因搬家而处理旧刊物,便又想起了那位老伯。如果把这些旧刊物送给他,他若能卖出一些,岂不是件快事?于是我把这几年的赠刊打点成捆,下楼去寻他的旧书摊。他听了我的想法后显得很兴奋,兴奋之中又有某种疑虑。我明白他以为我要把旧刊物卖给他,于是赶紧申明是白送。他在如释重负后又有一种忐忑不安的表情。我连忙安慰说,不然它们也是被我当废纸卖掉,他这才一瘸一拐地安心跟我来取刊物。

我帮着老伯把刊物送到旧书摊。他走路困难,我送完两趟,他还抱着一捆刊物气喘吁吁地在路上蹒跚。我对他说,像《收获》《花城》《钟山》这样的刊物,若有人买,不必降价太多,他点头称是。我还拈起载有苏童《我的帝王生涯》的那册刊物,对他说这样的刊物肯定能卖出去,因为在书店买单行本的价格远远高于旧刊物。接下来的几日的黄昏,我远远就可看见老伯的旧书摊前拥着许多人,旧刊物在人们手中像彩旗一样招展着,看上去热闹非凡。只是不知卖的情况如何,我有点惴惴不安。直到搬家的前一日黄昏我才鼓足勇气接近那个旧书摊,老伯见了我先是"哎呀"一声,然后就十分亢奋地告诉我，他已经卖了三十几元钱了。他说一定要给我一部分钱，我连忙谢绝，他便有些不知所措地抓起两本旧书硬往我手里塞，说是交换。为了使他心理平衡，虽然那书于我毫无用处，我还是拿了一本。我询问了一下，卖得最好的是《钟山》《收获》《花城》和《人民文学》。而质量平平的省级刊物仍然躺在那里无人问津。不出我所料，载有苏童长篇的那册刊物已经被买走了。

当我离开旧书摊时，老伯再三叮咛，嘱我搬家后常回来，他有了有关历史资料的旧书就给我留着。他看上去眼泪汪汪，而我的内心则有一种说不出的温暖。

这次处理旧刊物的活动，也算是对刊物在读者心目中的位置做了调查，这是一件极有趣和值得纪念的事。只是搬家之后，我再没去过那里。如今各类期刊又攒了一大摞，我便又想起了那位老伯，想着什么时候再把刊物送给他。但愿他仍穿着烟色灯芯绒上衣，戴着呢毡帽站在旧书摊前，看到我抱来的旧刊物时会露出由衷的笑容。

与周瑜相遇

　　一个司空见惯、平淡无奇的夜晚，我枕着一片芦苇见到了周瑜。那个纵马驰骋、英气逼人的三国时的周瑜。

　　因为月亮很好，又是在旷野上，空气的透明度很高，所以即使是夜晚，我还是一眼认出了他。当时我穿着一件白色的睡袍，乌发披垂，赤着并不秀气的双足，正漫无目的地行走在河岸上。凉而湿的水汽朝我袭来，我不知怎的闻到了一股烧艾草的气息，接着是鼓角相闻，我便离开河岸，寻着艾草的味儿和凛凛的鼓角声而去，结果我见到了一片荒凉的旷野，那里的帐篷像蘑菇一样四处皆是，帐篷前篝火点点，军马安闲地垂头吃着夜草，隐隐的鼾声在大地上沉浮。就在这种时刻，我见到了独自立在旷野上的周瑜。

我没有小乔的美貌，周瑜能注意到我，完全是因为在这旷野上，只有两个人睁着眼睛，而其他人都在沉睡。那用眼睛在月光下互相打量的两个人，一个是我，一个就是周瑜了。

因为见到了我最想见到的一个男性，所以那一瞬间我说不出话来，我见到亲密的人时往往都是那个表情。

周瑜身披铠甲，剑眉如飞，双目炯炯，一股逼人的英气令我颤抖不已。

"战事还未起来，你为何而发抖？"周瑜说。

我想告诉他，他的英气令我发抖，只有人的不可抗拒的魅力才令我发抖，可我说不出话来。

我不知道又有什么战事要发生。这么大规模的安营扎寨，这么使周瑜彻夜难眠的战事，一定非同一般。短兵相接，战前被擦得雪亮的军刀都会沾有血迹。只有刀染了血迹，战争才算结束。多少人的血淤集在刀上，又有多少把这样的刀被遗弃在黄土里，生起厚厚的锈来。

周瑜并没有在意我的发抖，而是将一把艾草丢进篝火里，我便明白了艾草味的由来。可是先前所闻的鼓角声呢？

周瑜转身走向帐篷时我见到了支在地上的一面鼓，号角则挂在帐篷上。他拿起鼓槌，抑扬顿挫地敲了起来，然后又吹起了号角。他陶醉着，为这战争之音而沉迷，他身上的铠甲闪闪发光。

我说:"这鼓角声令我心烦。"

周瑜笑了起来,他的笑像雪山前的回音。他放下鼓槌和号角,他朝我走来,他说:"什么声音不令你心烦?"

我说:"流水声、鸟声、孩子的吵闹声、女人的洗衣声、男人的饮酒声。"

周瑜又一次笑了起来。我见月光照亮了他的牙齿。

我说:"我还不喜欢你身披的铠甲,你穿布衣会更英俊。"

周瑜说:"我不披铠甲,怎有英雄气概?"

我说:"你不披铠甲,才是真正的英雄。"

我们不再对话了。月亮缓缓西行,篝火微明,艾草味由浓而淡,晚风将帐篷前的军旗给刮得飘扬起来。我坐在旷野上,周瑜也盘腿而坐。

我们相对着。

他说:"你来自何方?为何在我出征前出现?"

我说:"我是一个村妇,我收割完芦苇后到河岸散步,闻到艾草和鼓角的气息,才来到这里,没想到与你相遇。"

"你不希望与我相遇?"

"与你相遇,是我最大的心愿。"我说。

"难道你不愿意与诸葛孔明相遇?"

"不。"我说,"诸葛孔明是神,我不与神交往,我只与人交往。"

"你说诸葛孔明是神，分明是嘲笑我英雄气短。"周瑜激动了。

"英雄气短有何不好？"我说，"我喜欢气短的英雄，我不喜欢永远不倒的神。英雄就该倒下。"

周瑜不再发笑了，他又将一把艾草丢进篝火里。我见月亮微微泛白，奶乳般的光泽使旷野显得格外柔和安详。

我说："我该回去了，天快明了，该回去奶孩子了，猪和鸡也需要食了。"

周瑜动也不动，他看着我。

我站了起来，他看着我。

我站了起来，重复了一遍刚才说过的话，然后慢慢转身，恋恋不舍地离开周瑜。走前我打着哆嗦，我在离开亲密的人时会有这种举动。

我走了很久，不敢回头，我怕再看见月光下周瑜的影子。快走到河岸的时候，却忍不住还是回了一下头，我突然发现周瑜不再身披铠甲，他穿着一件白粗布的长袍，他将一把寒光闪烁的刀插在旷野上，刀刃上跳跃着银白的月光。战马仍然安闲地吃着夜草，不再有鼓角声，只有淡淡的艾草味飘来。一个存活了无数世纪的最令我倾心的人的影子就这样烙印在我的记忆深处。

我伸出一双女人的手,想抓住他的手,无奈那距离太遥远了,我抓到的只是旷野上拂动的风。

一个司空见惯、平淡无奇的夜晚,我枕着一片芦苇见到了周瑜。那片芦苇已被我的泪水打湿。

看不见的邮差

去年夏天,我给家里接上网线后,第一件事,就是请单位的同事,帮我申请了一个免费邮箱。我写的第一封信,是给聂华苓老师的。在此之前,因为我不上网,几乎每隔半个月,她就要从美国打来电话,关切地询问近况。

那天晚上我把信发出去后,有点忐忑不安的,心想鼠标只那么轻轻一点,信就会长着翅膀翻山越海吗?

清晨起来,我奔向电脑,查看是否有回音。天啊,信箱里果然有聂老师的回信,她的第一句话是:"你也终于用网络了,太好了!"

没花一分钱,一封到美国的信,瞬间就抵达了,这使我觉得网络就是个魔术师，神通广大。

未上网前，我写好了稿子，若是短的，便在电脑上打印出来，去邮局寄掉。若是长的，就拷在软盘里，寄盘。我还记得，二〇〇五年我在青岛修改完长篇《额尔古纳河右岸》，寄给《收获》杂志的，就是一块薄饼似的软盘。

去邮局，是我最快乐的时光。寄完稿，我就顺路逛商场、副食店、花店、音像店或是点心铺子。有的时候懒得做饭了，就赶到饭时出门，完事后找家餐馆，舒舒服服地吃上一顿。

上网后，无论是长稿短稿，都可以用伊妹儿发出了。报纸的采访，往往需要配发作者照片。以往我会寄上一张照片，并在后面标记上"用后请奉还"，麻烦得很。现在呢，请人把照片扫描了一些，放在自己的图片库里，哪里需要，就选一张把它派发到哪里，非常便捷。而且，新书出版前，你可以事先看到美编设计的封面，有不满意的，能够及时沟通和修正。而从前，出版社因为我不上网，让我看封面时，只得出一份打样，特快专递过来。

二十多年前，我师范毕业，分配到故乡的山村学校教书。因为爱好写作，常有投稿，所以每天最盼望的，就是邮差的到来。那个邮差姓田，是个热心人，很善良。由于他是个歪脖子，头总是拧向一侧，他骑着墨绿的邮车行进在山间公路时，我常担心他会因为看不到正前方，而被迎面驶来的汽车撞上。

从县城到我们山村，十来公里的路吧，他通常是上午九点多钟到。如果我的语文课恰好在第一节上完了，我便会在路口迎他。如果有我的信，他就会从自行车上下来，从邮袋中取出信，递给我。如果那信薄薄的，他就笑着，以为我收到了用稿通知；如果是厚厚一沓，他大概猜测到那是退稿，同情地看着我，尴尬地笑笑，好像责备自己不该把坏消息带给我。我觉得这个邮差了不起，他不看大家都看的路，却依然走得稳稳当当的，从无闪失，说明眼前的那条路，他已熟稔于心。走上它时，只需轻轻一瞥，就能畅通无阻。能够在大路上用目光"别开蹊径"，去瞭望别人不曾看到的"旁逸斜出"的美景，真乃神人啊！

有了网络，像田师傅这样的山村邮差，会渐渐失业了。我们的信件，在几秒钟内，不需辗转，就可以走遍世界。网络中有一个看不见的邮差，可以二十四小时为我们服务，随时准备出发。虽然是方便到家了，可有的时候，我还是怀念去邮局寄稿的日子。因为在返回的路上，你若买了点心，就可以边走边品尝；买了书，走累了，完全可以坐在街心花园的长椅上，先睹为快；而若买了花，又逢了雨，那束花，无疑就有了露珠。

云烟过客

我向来认为人的受孕带着一种神性色彩。生理卫生课上所学到的精子与卵子那种微妙相遇总是让我心里怀疑。因为那东西像泪滴一样柔软，像水珠一般晶莹剔透，像丝绸似的月光一样明滑，它们怎么能孕育出有着骨头的孩子？除非骨头也像血肉一样柔软。可骨头却是硬的，也许是大地的尘埃铸造了人的骨头，因为我越来越觉得尘埃像金属的碎屑一样粗粝。

一个人未形成前大约就诞生了灵魂。这灵魂在天地间沉浮漫游，选择它所喜欢的女人作为自己萌芽的温床。

这帧黑白照片上的女人当年十八岁。她坐着一条古旧的船从黑龙江的上游顺流而下到呼玛参加一个广播学习班。她出发的那个地点叫漠河乡，现在有人称为北极村，是个山青水寂有半年多的时间被白雪覆盖的村落。她是漠河乡广播站的广播员。二十世纪五十年代的广播事业同现在的电视一样令人眼红。她有着纯正的女中音，声音圆润甜美。那时她正在谈恋爱，这从她脸上温柔的表情可以看得出来。她很爱美，那优雅而浪漫的发式别出心裁，是她的纤纤巧手所为的。她不像其他姑娘让刘海齐齐密密地遮住额头，而是落下刘海的三分之二，让额头的右侧显露出来，大概她深知被云彩半掩的月亮才最美吧。

这个十八岁的姑娘在那年的冬天乘着雪橇被一个男人娶走了。她就是我的妈妈李晓荣。我确信在她拍这张照片时我就认定她是我的母亲了。我跟着她逆流而上回到漠河乡，在码头的黄昏中看见了一个有着高大木刻楞房屋的村落，我确信这将成为我的诞生地。于是我的灵魂开始依附在她身上，可她对我这个淘气的小精灵颇为轻慢，并没有在婚后将我首先放入她馨香的爱床，她生下我姐姐三年后，这才把挥之不去的我接纳了，所以我在出生时难为和折磨了她一下，不是"顺生"，而是"逆生"，那时她的刘海一定被生我时所遭受的巨大疼痛而沁出的汗珠打湿了。

我的父亲叫迟泽风，一九三七年出生于山东省海阳县。兄弟三人，他是长兄，同那个时代大部分的山东移民一样，祖父祖母在他们年幼时带着他们出关,来到黑龙江的帽儿山乡。他们的目的一定不是淘金,而是为了糊口,能吃饱饭大约是穷苦人家的最大心愿。我祖母给大户人家洗衣服,祖父干一些其他零活维持生计。父亲童年时放过牛,砍过柴,没有挨过大地主的皮鞭,却经常遭受自己父亲皮鞭的抽打。这并不是由于他偷懒或做了坏事,而是因为曾当过一段掌柜而落魄后的祖父流落他乡心生郁闷时的一种排遣方式。二十世纪三十年代的东北是伪满洲国的时代,我奶奶就死在这个年代。据说是日本鬼子投下的一枚炮弹爆炸后吓破了她的胆,从此后她就战战兢兢,一病不起,撒手人寰。

祖母去世后,祖父无力独自拉扯三个儿子,于是把父亲送到了哈尔滨四叔家中。父亲在哈尔滨读了小学和中学,他的学习成绩一直很好,而且有着良好的音乐禀赋,他准备毕业后报考音乐学院。而父亲的四叔当时家境也不富裕,他在兆麟公园看大门,又多子多女,所以父亲在校时经常受到断炊的折磨和污辱。那时他寄宿在学校,由家长来缴每月微薄的伙食费,逢到月底,经常是父亲提着空饭盒来到买饭的窗口时,伙夫就用勺子敲着盆边说:"迟泽风,停伙了!"父亲向我描述这一幕情景时眼睛里泪光闪闪。

无钱继续求学,就在开发大兴安岭的那一年,父亲毅然决然地报了名,事先没有同任何人商量,以至于他来到哈尔滨火车站即将北上时,四爷爷方从父亲的同学那儿听到消息,他们赶到火车站,四奶奶送给他一双七毛钱买的球鞋,而四爷爷脱下了当时穿在身上的唯一体面一些的中山装,我不敢设想那种送别场景。父亲做事干净利落,富有主见,他拒绝送别,把一切感伤都留给了自己。父亲离开哈尔滨后就再也没有回来,他与亲人的告别竟成了永诀。

父亲到大兴安岭后参加了放映队。他经常坐着雪橇带着放映机和拷贝在茫茫雪原中穿行。他热恋上了酒,同时,在漠河乡热恋上了我的妈妈。他在与母亲恋爱时耍了个小小的滑头,他说他比母亲大两岁,而婚后又宣布大四岁,待到爷爷来到大兴安岭,才彻底揭穿了他年龄的谜底,他属牛,生于一九三七年正月二十四,比母亲大六岁。也就是说,十八岁的妙龄母亲嫁给他时,他已经二十四岁了。我常常拿这个话题取笑他。

有谁能拥有一张真正的初来人间的照片呢?幸运的孩子所有的照片顶多不过是在哺乳期间光着屁股爬行的姿态,更多的是在百天或周岁的纪念日上体体面面地穿着衣裤,戴着肚肚兜的形象。女人在临产时四肢一定因为疼痛而不停地抽搐扭曲,我常常觉得那会组成受难的十字架形象。当一个成熟的婴儿的头颅冲出子宫,微微地向人间报告他(她)欲来的消息时,分娩的女人的双腿一定像两片湿润的绿叶一样鲜润可爱。双腿间欲出的婴儿的头颅,组成了这世上最圣洁的花朵图案,如果有谁能拍下这样的情景,一定能成为摄影界的杰作。

我出生前有一个小小的序曲,那就是母亲曾梦见过一颗星星扑到她怀里。民间有"梦星得贵子"的说法,而且我上面是个姐姐,父母料定我是个男孩。于是父亲事先杀了家里的一头不足百斤的黑猪,请朋友们来吃肉喝酒,提前庆贺我的到来。一九六四年正月十五的黄昏,我母亲有了生产的迹象,这是汉武帝的生日,俗称"元宵节",也有人称为"灯节",家家户户都要将莹白的冰灯点起来,当大红的灯笼高高挂起的时候,我嗓门很大地哭着来到一面土炕上,来到一个人烟稀少的冰雪世界。我猜想父母在辨明我的性别后一定大失所望,那口黑猪也是因我而白白提前送了命。

父亲给我取的大名叫迟子建,因为他喜欢读曹植的《洛神赋》,乳名迎灯。因为我降生的那一时刻一片昏暗,灯节的光焰还未闪耀出来。这个乳名一直令我喜欢。

我母亲说我幼时极其难看,一点也不招人喜欢,爱哭而不爱洁,她给我发明了一种肚肚兜,称它为"转兜"。也就是把一块圆形的布锁了边,中间挖一个洞,容得我将头钻进去。奶汁、唾液或鼻涕弄污了胸前的那一片时,就把它转到一侧,让干净的再回到我胸前,这样她能少洗儿次肚肚兜。我怀疑盛夏时节我戴着"转兜"一定有成群的苍蝇跟着我飞翔。

我幼时同父母一起去过十八站、三合站,在三合站的日子我一点记忆也没有。最后我们定居在永安，也称大固其固，未满六岁时我又被母亲给送回漠河乡，同姥爷姥姥生活在一起。

二十多年前大兴安岭的火车只修到塔河。所以，若是想回漠河，夏天可以坐船，冬天只能乘长途汽车。船在我的心灵中向来是一件美好的事物。因为坐船悠闲而风光。婚后离开家乡的母亲几乎两三年就要回一趟老家，她通常是带着姐姐和弟弟去，我和父亲则留在家中。大约是六岁的夏季，母亲又决定回漠河了，这次她把我也带上了，我们乘坐长途汽车奔三合站去赶每周两次的客轮。我用胳膊挎着一只篮子，里面放着一只花母鸡，筐口用纱布缝上，只留一个小口给它送些粮食。母亲算计好了开船的日子，她想等长途车一到就带着我们姊妹三人直奔船站，这样可以省去在三合站中转时的食宿费。然而偏偏不巧的是长途车中途坏了，修车耽搁了不少时间，等它驶向船站时，船已经起航，慢悠悠地离开岸边。我们眼睁睁地看着它朝我们的目的地而去，而要去的我们却被抛在岸边。母亲为此哭肿了眼睛，带着我们住进一家便宜的客栈。我还记得那是上下两层的木板通铺，向上竖着一个梯子。母亲给我们的菜是一罐豆腐乳，我经常爬到上铺用手指头偷着抠它来吃。母亲说我贪吃的毛病从她喂我奶时就发现了，我总是把肚子吃得跟满月一样圆，然后承受不住地吐奶。

三合站是我有记忆的开始，我记得终于盼来的那艘船是白色的，当时刚下过一场雨，上船的木质踏板有些湿滑，我挎着一只鸡，它在那一瞬间在里面不安分起来，结果我战战兢兢地未走上船时，它就冲破纱布飞落江中。它那扑棱棱的样子使许多人惊叫起来，它溺死江中，被波涛卷走，可以想见母亲的心境有多灰暗了。不谙世事的我上了船后兴高采烈地跑来跑去，一会儿上甲板去看山，一会儿又转到餐厅去看厨子做什么饭。当我拉屎时看到便池下面竟然是江水时，便确信鱼是由屎来喂养的。

外祖母家有一座很大的木刻楞房子。房子才盖不久，所以房梁上还拴着避邪的红布。外祖母个子很矮，说话很快，干起活来干净利落。她生了四女两男，我母亲是家中老大，所以我与小舅之间年龄差距不大。母亲这次归乡把我留在了这里，我还记得临出发的那天在院子里支起了饭桌，我正拿着一把筷子走过来时，母亲突然说她不带我回去了。于是我就把筷子狠狠地撇在饭桌上，哭闹着反抗，有一种被人遗弃的屈辱感。母亲领着姐姐和弟弟，背着用麦子新磨出的面粉去船站时，我抱有一线希望地也跟去了。结果我没能上那条回家的船。从船站回来的路上我赌气地不走小路，专朝无路的柳毛丛里钻，结果踩了马蜂窝，被蜇得鼻青脸肿的。

外祖母是对我的一生有着很大影响的人，三言两语是很难把她说尽的。我在一九九一年的夏至曾与几位同事去外祖母家看白夜,当时她还面色红润地站在她亲手种的菠菜地里,慈祥地望着我笑。只是她那时不住在木刻楞房子里,而是住进了红砖房,这使我有些失落。我童年生活的那座大房子在外祖父去世后已经卖给别人了。我曾在那院子和傻子狗亲昵,在菜园中捉蝴蝶和蚂蚱,在阳光下摔过泥玩,这一段生活已经记叙在《北极村童话》中了。

年轻时的姥爷气宇轩昂,一双铁锚似的大手,宽阔的额头,说话带着一种威严。他一九一四年出生在山东,逃荒来到东北的时候这里杳无人烟。他给地主扛过活,在著名的老沟金矿(又称"胭脂沟")淘过金,捕鱼打猎,开荒造屋,他这一辈子是靠着他不同寻常的力气吃饭的。他晚年时背驼得分外厉害,大约是一个人的所有力气被抽空了的缘故,虽然他不想弯下腰来,可他再也无法挺直腰杆了。外祖父曾是漠河乡的乡长,新中国成立后领着社员闹土改分田地时把自己家的牛往合作社里牵,气得我姥姥要用拴牛的绳子上吊。闹饥荒的那几年,他把粮食尽可能分给别人,自己饿得蹲在自家的大葱地里吃大葱,结果吃得全身浮肿。爱公社甚于爱家是他的一贯品质。我在北极村的时候他已退休,每天晚饭后去公社打更,第二天早晨回来。他每次回来我姥姥已把他的下酒菜准备好。他坐在朝东窗前的圆桌上,喝着纯粮酿造的白酒,有滋有味地咂摸着。躺在被窝中的我要是提前醒了,就会闻到飘逸的酒香气和他心满意足发出的"唉"的声音。仿佛酒在问他：我味道纯正吗？他"唉"一声。又问：喝了我之后筋骨舒坦吗？他又"唉"一声。他"唉"的时候我就十分想笑。外祖母通常给他煎几条小鱼来佐酒，鱼就产于房子不远处的黑龙江，被煎的鱼通常是细鳞和花翅子。姥爷喜欢听广播，关心国家大事，他管半导体叫"戏匣子"。他喜欢听京戏，电影《白蛇传》看了三遍还不过瘾。《白蛇传》被他的山东口音说成"白啥传"，我要是不高兴了就学他念一句"白啥传"来气他。我在那时挨过姥爷的一顿揍，这又缘自我贪吃的毛病。那时大舅在呼玛农机厂工作，有一年夏天回来带回了罕见的西瓜。油光闪亮的绿皮上有着曲曲弯弯黑墨条一样的均匀曲线，它里面鲜红的肉甘甜得无法形容。我又一次吃圆了肚子，不料夜间尿了炕，一个快七岁的孩子尿炕的确惹人生气。我姥爷把我从湿漉漉的被窝里揪出来，然后将我反转身子趴在炕上，我的屁股朝着弥漫着晨光的天棚，他噼里啪啦地用巴掌打我的屁股，后来被赶过来的姥姥给制止住。我哭得几乎气噎，憎恨外祖父，憎恨西瓜，只是不知憎恨自己的胃。这件事使得我在很长一段时间里与他不能亲近，因为他的手劲很大，把我打得有好几天走路不敢自如挪步。

外祖父晚年时常说胡话。说阴间在闹土地改革，说那里抓了许多贪官污吏，要把他们投到热油锅里，还说某某国与某某国之间要开战了，当然也唠叨一个已死去多年的小脚女人要给他做饭。我想他也许患上了"老年痴呆症"。我姥姥仍然尽心尽意地伺候他，每天早早起炕为他做饭，他酒足饭饱睡下后，姥姥又要忙一天的活计。小舅给我寄了一张外祖父临终前不久的照片，我分外珍贵，因为那还是我童年生活的场景。我在姥爷背后的那铺大炕上同外祖母度过了我的童年。那本色的木质地板走上去常常嘎吱嘎吱地响。那扇天蓝色的东窗是我常常光顾的地方，我从那看外面的太阳、巧云、玉米地和偶然的过路人。墙上的杨柳青年画与我童年时所见过的一模一样，少不了巨大的寿桃、牡丹、凤凰等等美好的象征，可爱的童男童女戴着鲜红的肚兜，不似我那样戴"转兜"。

外祖父带着他花白的胡子去另一个世界了。他永远不会再撕挂在窗前的日历牌了。只是不知深夜时他是否会回到老屋子，喝一杯红桌子上的茶。

当年母亲把我留在北极村还有一个阴谋。我二姨不生养，她想把我过继给她。二姨常常回姥姥家，她牙齿出奇地好，又白又密，嚼起蚕豆来咯嘣咯嘣地响。她能说爱笑，性格开朗，我姥姥唤她"秀儿"。她每次回来都要给姥姥带些吃的东西。二姨夫是驻漠河乡边防大队的队长，在当时是个显赫职业，而且是当地的头面人物，提起"王同江"这个名字几乎无人不晓。他常常领着人巡逻,夏天坐汽艇,冬天乘马爬犁。他经常带些山货来给我们吃。那时的中苏关系还比较紧张,高高的瞭望塔上二十四小时都有人用高倍望远镜随时监视对方的一举一动。他常常吓唬我说对面的大山被掏空了,里面装满了坦克、机枪和大炮,这使我从小就觉得苏联是个很混账的国家,我们好好地过日子,他们备战干什么?冬天的鱼汛到来的时候,二姨夫常常把捕到的大鱼送来,就放在灶房的地上,我就忙不迭地跑去看,看它的鳞片亮不亮,圆嘴还是扁嘴,肚皮和尾巴红不红。姥姥剖鱼的时候,我就蹲在旁边看,若是鱼肚子里涌出来金黄的子我就很高兴,要是没有的话我就嘟囔道:"一条臭公鱼。"我把雌鱼叫为"母鱼"。外祖母有时给我蒸鱼子吃,怕我吃多了不识数(我不明白鱼子和识数有什么关系),就让我少吃几口。既然已经不识数了,索性让数在我的脑子里混乱到底吧,所以仍然不听劝告地吃。我幼时有一个绰号叫"老猫",因为我在托儿所里为了争苹果把一个跟我同龄的小姑娘挠得脸上出了血痕,阿姨把我装进一口大缸内,放在暴日头下晒我,以示惩罚。结果妈妈来接我的时候我已经在巨大的缸里哭哑了嗓子。而因为挠人,从此没人再叫我迎灯,都唤我"老猫",谁一叫我"老猫"我就撇嘴,心中十分不快。这绰号一直跟到北极村,所以来了鱼汛时姥姥不让我到江上去,怕自家的冰窟窿里的鱼见了我逃之夭夭。因为猫吃鱼。他们把我和鱼联系到一起，不是把我当成真正的猫看待了，就是把鱼当成人看待了。二姨夫不信这个邪，有一次把我带到江上去捕鱼，竟然大有收获，可见我还是比较能吸引鱼的。猫见了鱼并不总有好胃口。

二姨想让我成为她女儿的愿望在一个深夜彻底破灭了。我平素都是和姥姥睡在一起，那天二姨拿着糖来哄我，让我去她家住，说是有缎子被睡。我大约是被缎子被打动了才同意去二姨家的。那晚上我睡在二姨和二姨夫的旁边，盖着滑溜溜的缎子被，开始时心里美滋滋的，可睡到半夜醒来不见了姥姥，就有一种受骗的感觉。我光着脚丫下了地，猫着腰去摸我的小鞋，想穿上它来逃跑，可摸到手的总是大鞋，我不由得"哇哇"哭起来。二姨拉亮了灯，千般万般地哄，我仍然不同意过完这一夜。无奈他们只能穿衣起来，二姨夫将我背在背上，二姨在后面打着手电照着路，把我送回姥姥家。姥姥在开门的一瞬二姨哭出声来，她说的那句话我至今记得："到底不是亲生的呀。"

也许正因如此，两年之后我又被送回父母身边。

北极村一个阳光灿烂的正午，我背着书包刚进家门，坐在厅堂里洗衣服的姥姥擦干她的那双湿手站起来对我说："吃过饭后送你回家。"

我一点也没有表现出高兴。因为我已经习惯了这里。夏天时能和姥姥去江边刷鞋子,冬天时能天天吃鱼。而且二姨又能常来看我。偌大的菜园只有我一个孩子,所有的蜜蜂、蜻蜓和蝴蝶都是我的朋友。障子边的香瓜结了果,我还盼着秋天吃它的甜肉呢。就这么简单,我换上了过年时穿的绿格子上衣,回到父母身边。

我们坐着一个熟人的长途汽车走了几天到家我已经忘记了。总之,汽车是在森林中穿行,到处是遮天蔽日的绿树,我们常常能碰见兔子和野鸡。

母亲见了我亲昵地说:"猫,过来,让妈妈稀罕稀罕。"

大概我仍然没有忘记她狠心地把我丢在姥姥家的那一幕情景,所以绕开她走掉。母亲伤心地说:"认生了。"

我惦记着学习。邻居有一个女孩刚好与我同年级,我便问她,你们的语文课学到哪一篇了?她反问我学哪一篇了,我说《纪念白求恩》,她说他们还没学到这一课呢,这使我放了心,不再担心跟不上这里的课。

我的小学班主任叫侯玉凤,她个子不高,终日梳着两条粗黑的短辫,圆脸,脸颊和鼻翼生满了雀斑,眼睛不大,目光却很犀利。她很厉害,我们当时都有些怕她。她在讲台上讲课,你若在下面溜号了,她会扔一截粉笔头过来,准确无误地弹中你的脑袋,她这本领是如何练出来的不得而知。若是有同学摆弄小动作的毛病总不见改,她干脆就用绳子把这个人的双手倒缚在椅子上,课间操也不让他出去。她很注意班级的荣誉,若是流动红旗被别的班级争去了,她就教育我们该如何把荣誉争取回来。教室的桌椅要一尘不染,地上没有一团废纸,玻璃窗铮明瓦亮,她这才心满意足。她有一根半米长的木质教鞭,哪个学生学习成绩拖了全班的后腿,她就当众鞭打这个同学的手,直打得这人哇哇直哭,一再表示要把学习成绩赶上去。最恐怖的是要蹲级的学生,她会把几个椅子摞到一起,让这个同学站在最高处,只要这个人稍稍摇晃,咬合不严的椅子就会落下来,摔下那个同学。这常常使我联想起杂技演员空中技巧的表演。她还注意学生个人的身体卫生,那就是看手干净不干净,皴不皴。若是不干净了,她就把你撵出教室,让你到教室外面的小河里去洗手,若是手皴了,她就会掷过来半块砖头,说:"蹭掉你的皴!"虽然我爸爸当着校长,但她一点也不姑息我,有一次也把我挡在门外,让我到小河边洗手,结果我洗掉了一节课,故意在河边玩掉了她的那堂课。尽管如此,家长们都希望把自己的孩子送到她的班级,都说:"严师出高徒。"所以当她因为要结婚而去萝北的时候,我们全班同学都哭了。听说她嫁给了一个拖拉机手。她走的前一天我在供销社碰见她,她给我买了一双小水靴,下雨天穿上它时就格外想念她。如果她现在仍在萝北,想必已是退休在家了。她还会记得她的一个叫迟子建的学生吗?

没有人见过龙。可龙却在我们的生活中无处不在。炕琴的木纹上要描上龙的图案,姑娘们在待嫁时喜欢在枕头上绣上龙和凤,就连窗帘的图案也有龙的影子。龙是吉祥的象征,就因为它可以横空兴雨?它果真不可一世地金光闪闪吗?

我生肖属龙,问父母龙是个什么样子,他们就说跟蛇一样,蛇是小龙。我实在难对那蠕动的蛇有一丝丝好感,所以对龙的想象也就无兴趣进行下去。在我看来属龙很有点无中生有的意味。我想龙是个脆弱的东西,猪、牛、马、羊、狗在这大地上跑来跑去,跟人一样经久不衰,龙怎么就能说没就没了呢?难道它醉倒在天堂的花雨中永远难再醒来吗?

我家在永安住的那幢房子是长条形的,如果大雁在空中俯瞰它没准会误以为是龙的化石。一幢房子住有四户人家,却有三家各有一个同生于一九六四年的属龙的女孩子。西面的女孩姓曹,东面的姓陆,我家住在中间。西面的女孩叫小丫,她幼时得了一场痢疾,结果进城看病时被护士打错了针,一命呜呼。所以我母亲对给我们打针格外敏感,感冒能吃药好了的,绝不领到卫生所去打针。然而小丫死后没有几年,东头的小平也突然得暴病死了。我与小平同班,她的头发特别亮,很令我羡慕。记得腊月时她家宰猪,又灌血肠又熬酸菜粉的,弄得她家的火炕烫得无法睡人,她就来我家和我睡在后屋里。她来时还用纸裹着一块烀好的瘦肉给我吃。那一夜我们睡得很好。可第二天早晨她却说她头疼,不能去上学了,于是我帮她请了假,心想她家杀猪累着她了。然而我放学回来后她的头疼得愈加嚣张,她妈以为是她死去的父亲回家来磨人了,于是请一个人来驱邪。我记得把一碗清水放在柜子上,然后驱邪的人把一根筷子往水中央放,她边放边念叨死去的人的名字,说:"要是你回家了,你就站住,我有话跟你说。"那筷子果然就直挺挺地立住了。驱邪的人就说:"你别回家闹人了,缺钱了可以捎给你,孩子头疼得厉害,你就可怜可怜孤儿寡母吧。"

我以为鬼真的发了善心了,然而小平依然头疼。后来在我父亲的建议下这才搭着马车进城去看病,原来患的是结核性脑膜炎,未出一周就死了。她死前我和同学徒步进城去看她,她神志不清,连说胡话。

小丫和小平这两个与我同龄的女孩的猝死,使母亲大为慌张。她说这幢房子养不住属龙的女孩,于是嚷着搬家。可又能搬到哪里去呢?所以仍然是住在老房子里。这使我在很长一段时间里忐忑不安,一到夜晚就头皮发麻,觉得鬼魂四处游荡。这种感觉随着年龄的增长而逐渐消失,我不再对自己的生命有怀疑和恐惧了。

我姐姐自幼就是一个干净而漂亮的女孩,这使父母都很喜欢她。逢到别人结婚去坐席的时候就带上她。因为她从不给父母丢脸，不像我，十一二岁时鼻涕还不利索。她比我大三岁，属牛，是上午生的。母亲说上午生的属牛的孩子都很能干活，因为那正是牛耕地的时辰。姐姐果然非常能干，做饭，拾掇屋子，喂猪喂鸡，夏天采野果，秋季拾蘑菇，冬季拉烧柴，劈柴挑水，而且能钩会织善绣，的确是把我比得矮去好几分的人才。姐姐大名叫迟超越，乳名"小花"，后来有一次母亲做梦，梦见一朵花没了，醒来后觉得甚为不吉，就给她更名为"小燕"。我爸爸爱管她叫"燕子"。但我小时候跟她关系并不融洽，老是跟她打架。我很懒，不喜欢刷碗，又馋，有时候没吃饱饭一看饭桌旁的人越来越少，我就赶紧溜出大门。因为吃到最后的人要刷碗。当然，我只是上小学时这么不懂事，初中以后跟她一样能操持家务了。

姐姐每天都要擦地板，她擦干净了地板后就不让我进屋。有时进屋取东西她就跷着脚跪着进屋。我对不能在地板上自由地行走深恶痛绝，地板难道不就是让人走的吗？为了气她，我常常在她刚辛辛苦苦擦完地板时就穿着一双泥鞋进屋，踩出许多脚印，让她的劳动付诸东流。那时她就气得呜呜直哭。邻居的婶子一听见姐姐哭，就隔着障子数落我："老猫，你又不干活，怎么老气你姐？"

我也不明白那时为什么老和她过不去。她很小时就去井台挑水,因为力气弱,就半桶半桶地往回挑。至今她寻找自己个子矮的原因时,还把账算在她过早地挑水的身上,说是压弯了她的腰,从此长不高。她高中一毕业就下乡了,去河南农场劳动,不出一年就谈上了恋爱,那年种土豆时领回来个高个子穿喇叭裤的男朋友。她小时候有个怪癖,不吃饺子,大年三十的晚上大家团团圆圆吃饺子,她非要烙饼吃。她这个毛病到河南农场一年后就得到了改正。回家后什么都想吃,也不像以前那样怕肥肉了,因为她在那里几乎天天吃盐水煮黄豆,这大约也限制了她的发育。她个子矮矮的却要扛原木、割麦子,所以后来姐夫帮她割麦时她就感动了。后来她在那里当炊事员,那是个比较俏的活。据说姐夫有一次吃不下盐水煮黄豆时,就把她煮的黄豆摆了一桌子。她很生气他这么糟蹋豆子,过去一看,原来摆着三个字,是她的名字。我想他们那时就注定难再分开了。

  姐姐性格直率,爱说爱笑,对我和弟弟极其关心。她在单位人缘很好,而且是在该结婚的年龄就结婚了,身心健康。所以父亲去世后,母亲一直跟着她我非常放心。她虽然三十多岁了,但因为生活幸福,比我还显年轻,每逢我春节回家时,她还跟小时候一样拿出一件件新衣裳,让我帮她参谋她年三十穿哪件最漂亮。我羡慕她的一切,好头发,红润的脸色,秀气的手脚,健康的身体。如果她再高一些会更漂亮,但也许姐夫爱的正是她的娇小玲珑。

　　我小时候与姐姐打架时，弟弟通常是与我姐姐站在一起。他们给我起了个绰号"苏联老毛子"，我则回敬姐姐一个绰号"猫月子"（因为她的名字中有个"越"字），而乳名唤为爱林的弟弟则被我称为"树林子"。

　　他们一骂我"苏联老毛子"时，我就声嘶力竭地喊："猫月子，烧死树林子！"一副穷凶极恶的样子。

　　"猫月子"是东北生孩子的俗称，姐姐听到这个绰号所受的污辱可想而知了。她咧着嘴，哭得天昏地暗，大概不明白为什么她好端端的一个女孩要去生孩子，生孩子在她的心目中也许是件丑陋的事。我弟弟这时就奋勇出击，帮着姐姐骂我，直到我这个"苏联老毛子"因为寡不敌众而败下阵来。

　　父亲给弟弟起名为"迟钝"，大约是想反其道而行之，让他的独子大智若愚吧。他幼时贪玩而淘气，经常砸别人家的玻璃，有一次用洗脸盆扣住邻居家的鸡雏玩，结果把鸡给活活闷死，我父亲打破了他的脑袋，缝了好几针，但他并未因此而记恨父亲。父亲吩咐他去打酒，他就骑上破自行车上了公路，去西头的供销社为他打酒。父亲盛酒的瓶子是酒精瓶，一次打一斤，两三天的时间瓶子里就空空如也。于是给他一把零钱，他又不厌其烦地去买酒。有一年冬天，他买完酒骑车回家，雪路把他滑倒，连人带自行车被甩出好远，他没忘记护住父亲的宝贝，酒瓶子安然无恙，而他却被磕得鼻青脸肿的，丢了半颗门牙，一说话就咝咝漏风。

弟弟做事很细致。码柈子要弄得规规矩矩的，如果出现缝隙，必定要用细木柈一条条塞进去，仿佛柴火不是被烧的，而是要放进博物馆来展览。他最喜欢过年放鞭炮，买回炮后就放到火炕上烤，说这样炮仗会更响。一到过年采买的时候他就表现得格外积极，让他买酱油就去买酱油，让他买碗就去买碗，剩下的零钱他攒到一起，然后琢磨着多添置些炮仗。他通常是把烤好的炮整整齐齐地摞在一口小蓝木箱里，每天晚上睡觉前都要打开看几眼。然后他就跑出去跟同学吹牛，说他买了几千响的炮，买了几十种的花，能放一个正月。除夕夜，他用一根长木棍挑着几千响的炮，噼噼啪啪地放得格外热烈，火花四溅，响声密集，我捂着耳朵站在门口看，母亲则赶紧将饺子下到沸水里。饺子上了桌，七碟八碗一摆好，父亲和母亲先坐上炕，弟弟依照老规矩跪下来给他们磕头拜年，以此又能混得一些压岁钱。可往往年一过我母亲就巧妙地从他手里往回借钱，他就不愿意借，然而他是算计不过大人的。他的头往往也是白白磕了。

弟弟还有个嗜好，那就是拼命吃除夕夜的饺子，因为有几个饺子里包着钱，据说吃出钱来一年有福气。当然，他并不总是如愿以偿，有时能吃着，有时看着别人把钱全部吃出来，他只能白白瞅着。虽然他现在已娶妻生子，但是仍然喜欢放炮，仍然喜欢吃除夕夜饺子里的钱。

祖父自己有两间草房，就在生产队的前一趟房。他是个极有性格的倔老头子。他三十多岁鳏居后，一直没有再续弦，不知这几十年他是如何熬过来的。

祖父离我家很近，走三分钟就可以到。他的草房前后各有两片大大的菜园，春季时菠菜一畦畦地整齐排列着，又绿又水灵。夏季时嫩绿的黄瓜一条条吊在开满黄花的秧子上，令许多孩子扒着障子看着眼馋。他怕小孩子来偷菜，就把菜园的门用铁丝拴上，还加了把锁。其实真想偷他的菜也不用从门进，一人多高的障子似我这般大的孩子能很轻易就跃过去。

祖父除了逢年过节时偶尔来我家吃顿饭，平素几乎不踏我家的门槛，他宁肯到其他人家去串门。我从北极村回到父母身边后，知道有这么一个从天而降的爷爷，在路上碰见他时就怯怯地和他打招呼。他对我爱理不睬的，仿佛我不是他的孙女。我不明白他为什么与父亲有隔阂，据说有一次他扛着斧子要来砍死父亲，他站在大门外喊："老大，你给我出来！"结果邻居见状把他拉开了。我想他未必是真想杀死父亲，否则大张旗鼓地干什么，暴露了他的凶机，现在看来不过是吓唬吓唬他而已。

　　他儿子当着校长，他并不因此而骄傲，相反倒是对父亲的职业表现出某种鄙视，说他还不如个木匠。一到端午节或八月十五的时候，母亲就打发我们姐弟三人中的一个去请爷爷过来团聚，可打发谁都不愿意去，因为他实在是太难请了。有两回我被迫去请他，他一边哼哈答应着说"知道了"，一边让我回去。我拿不到准信不敢回家，外交任务等于没完成，所以就横下心等他，他就左一口右一口地频频吐痰，仿佛是在啐我，但我仍然誓不罢休地等。直到他无可奈何地磨磨蹭蹭地锁上门，背着手跟我去儿子家。母亲早就等急了，她见了祖父连忙迎出屋来叫"爹"，让他坐在饭桌上宾的位置。他拿起筷子，对每道菜都皱眉头，仿佛都不对他的胃口。父亲涎着笑脸给他斟酒，他也没有一丝笑模样，嘴角向下撇着，一副冰火不同炉的拒绝姿态。所以我从小很怕过节，家里的气氛有些紧张。但祖父终归还是给一家人留了面子。他象征性地吃喝一点后，就背着手大踏步地离开我家，走时仍旧哼哈地吐着痰。他一走我们全家就松了一口气，美味佳肴的风味才真正被舌头给品出来。

　　父亲曾说不让他单独开伙，走几步路到我家一起吃就行了。他就说："我不吃那个现眼子食！"好像别人在他吃饭时老是用眼睛剜他似的。

　　我们家房子很小，一大一小两个屋子，已经上小学的弟弟只好与父母同睡在一铺炕上。祖父是否是由于他没有住进我家而心生不满呢？还是由于他的长子没有大出息，头脑一发热离开哈尔滨，来到这个被祖父称为"兔子都不在这拉屎"的大兴安岭，而使这个该享清福的他没能像他的弟弟一样在哈尔滨安度晚年呢？他常骂我父亲是"翠眼子"，大概有这方面的因素吧。

祖父那时每隔几年就要张罗回关里，父亲就要为他筹措盘缠。他每次从关里回来都显得精神抖擞的，到哈尔滨看他的四弟，然后从哈尔滨到山东的海阳看他的三弟和二弟。他回来后会说他在哈尔滨看了什么戏，又说他四弟家的儿媳妇如何能干，一个人擀的饺子皮能供上三个人来包。我就想那三个包饺子的人肯定都笨手笨脚，不然怎么能供得上呢？他又吹嘘海阳的水如何好吃，花生和地瓜如何地香，总之，言下之意父亲得以安身立命的大兴安岭在他看来是最浑蛋的地方。难怪他整天要撇着嘴角呢。

祖父喜欢种旱烟，他自己也整天提着个烟袋锅，吧嗒吧嗒地抽个不休。他还喜欢收集铁钉、生锈的合页、废铁丝、罐头瓶等等东西。他晚年时脾气温顺了很多，这使我有机会出入他的草房，翻腾那些对我充满了诱惑力的破烂。我还记得他那张穿着长衫的坐在中间的照片，他的周围有许多人，他说那些都是他的伙计，显而易见他是掌柜的了。他常说那时炸油条的伙计个个能吃,一顿能吃两针的油条。我不明白油条怎么能用针来计量,他就说用一根织毛衣的针把油条一根根穿起来,穿满了就称为一针的油条。那一针恐怕要有二三十根了。

祖父很喜欢雀儿,他编了许多鸟笼子,冬天时像孩子似的扛着鸟笼子进山去捕鸟。别人都说这老爷子不务正业,可那时也没什么正业可务呀。他若是捕多了雀儿,笼子里盛不下,又没那么多粮食能养得起,他就抓出雀儿拧住它的脑袋,把它们摔死了,用火炭烤了给我们吃。那是我所吃过的最香的烧烤了。他爱鸟爱到什么程度了呢?有一年从关里回来,他一路奔波而归,竟然带回两个鸟笼子,一对金黄色的娇凤,一对蓝点颏。后来这鸟大约因为水土不服,没过几年就死了。他又去山中捕鸟,有一次捕回一个长尾巴脑门有红点、身上有几丝蓝颜色的雀儿,它叫起来很难听,喜欢吃瓜子,我们不知道这鸟的名字。祖父待它格外精心。

祖父得了脑血栓后行走不便,弟弟便和他住在一起,每天很早就去为他烧炕,弟弟的孝顺使他最终改变了对我们一家人的态度。然而他的病第二次发作时就再也没有抢救过来。他死后不久,那只他捕来的不知名的鸟也死了,我确信是祖父把它带走了。

作为校长的父亲很重视运动,他自己也是个体育迷,喜欢打乒乓球、羽毛球,他打篮球上篮的动作可不怎么样。他还能做体育裁判，口中含着个哨，他就在篮球场上跑来跑去，做出一些我当时闹不明白的裁判手势。

父亲什么事都想试试。他不会开车，有一次一辆救护车停在路上，他酒气熏天地从家里出来，别人就激他，说你会开车吗？他说那有什么难。结果晃晃悠悠地进了驾驶室，居然真把救护车开动了，不过他把车开到了壕沟里，半面车壁撞在桦子垛上，两只轮子空转着，下面污水纵横。他居然没有一点创伤，这也算是奇迹了。

每年一到校运动会的前夕，筹备工作就开始了。先是仓库里的腰鼓和大鼓、锣、彩旗等等被一一拿出，成立腰鼓队和彩旗队，作为仪仗队的核心。我参加腰鼓队的训练不到三天就被老师无情地给刷下来。因为我老是打不对鼓点。而且又要打着腰鼓做出各种类似屈腿和偏头的姿势，真是难死我，笨手笨脚的我只能在入场式时给同学看椅子。

每逢父亲正襟危坐在运动会开幕式的主席台上，我就觉得格外滑稽。想起他在家中的种种"劣迹"，诸如不爱洗脚，诸如喝多了酒漫天胡吹，便觉得他当校长是个过错。只有年长之后我才明白，父亲是最优秀的教育工作者，他一生致力于办学，对官场拉帮结伙的作风格外反感，他极其推崇孙中山的那一套主张。对着麦克风的父亲通常是穿着灰色中山装，他戏称为"上朝服"。每逢出头露面的场合他就不得不穿上它。他曾唱过男中音，声音浑厚，因而他的发言总能引起人们的注意。

　　每年一次的运动会时生产队都给社员放假，让家长们也去参加运动会，做旁观者，给孩子们鼓掌加油。谁若打破了学校某个运动项目的纪录，这个学生的家长就无比高兴。因为破纪录可以得到一条枕巾和几块香皂的奖励，在二十世纪七十年代那可是奢侈品了。

　　我不擅长运动，但作为班干部，每届运动会要迫不得已参加一些项目。我记得最好的成绩是取得过初中年级组女子跳高的第二名。初中一年级的时候，有次运动会上班主任动员我参加二千米的长跑。因为长跑得分多，会使班级的总分上升。那天我刚好来月经，我说我跑不下来，班主任就说，你跑跑试试，跑不动中途下来也可以。班主任是男老师，我无法跟他解释，只能咬牙上阵。结果跑到一千米的时候我就有虚脱的感觉，但一想已经跑了一半了，岂不前功尽弃？于是咬紧牙关继续跑。二千米的赛事安排在公路上进行，班主任骑着自行车慢慢跟在我身后，反复为我加油，让我坚持下去，我那感觉就仿佛有一条毒蛇在寸寸逼近我，我必须向前跑。结果我终于气喘吁吁跑完二千米时，眼前一阵发黑，同学忙上前来扶住我，我有一种失明的感觉。待我恢复正常时，在终点线上看见父亲充满怜爱地看着我，我冲他笑了笑，他就放心地转身走开了。

我十四五岁时已经成为家中的主要劳动力了。尤其是姐姐去了农场之后,家里的活有一半落在了我肩上。洗衣、做饭、挑水、喂猪喂鸡,又要上学,整天忙得不亦乐乎。这时期我像姐姐一样把地板擦得油光可鉴,而且也不让弟弟胡乱进屋去闹,这才明白姐姐当时为什么如此仇视糟蹋她劳动成果的我。这也许就叫所谓的开始懂事了吧。我学会了蒸馒头、花卷、两合面的馒头,学会了贴玉米饼子,使一口黑锅的四周有了一圈金黄色的东西闪闪发光。我烙糖饼和葱花油饼,对着发好的面团一嗅它的酸气的浓淡程度,就能准确无误地投上恰当的碱面。夏天做饭时最风光,院子里会另起一个炉灶,这边油下了锅,那边我就进了菜园掐一把葱叶回来爆锅,总是十拿九稳。那时少见荤腥,无非是萝卜、土豆、豆角、芹菜。不过这些菜从未施过化肥,完全是由黑土养育出来的,所以格外清爽好吃。按如今的说法那可叫"绿色食品"。那时常喝一种粥,叫大楂子粥,用玉米粒和红芸豆煮成。通常是吃完午饭就煮芸豆,然后在豆子半熟时放入楂子,使过碱后频频搅和,以免煳了锅底。然后在下午上课的钟声响起前撤下灶坑里的火,把锅盖盖严,下午放学归来一锅香喷喷的粥就焖好了。我记得有一年妈妈去新林学习塑料大棚的栽培技术,我在家居然养了一头油光水滑的猪。春天抓来猪崽,腊月时居然有二百多斤。放学后我就背着麻袋下地去采灰菜以及脱落到垄沟里的菜帮子。回来后就剁猪食，放到锅里去煮。我还常用一把旧木梳给猪刷毛，使它干干净净的。所以腊月宰它时我非常伤心，但后来还是吃它的肉了。可见任何的怀念都抵御不住欲望的诱惑。

初中时我的语文成绩一直在班级名列前茅，而且喜欢写作文。逢到过年时，左邻右舍的人都买来红纸求擅长书法的父亲给写春联。父亲写一幅，我就在地上摆好一幅。无非是"中华大地风雷动，六亿神州尽舜尧"之类。只不过后来六亿一个劲地上升，数字是变更了，总算是未突破十亿。所以春联还能对仗工整。若是父亲活到今日，对着十一亿神州，如何让那上联也多出一个字来？可见舜尧多了也啰唆。父亲有时发挥想象力自己来编春联，然而联里总是含着"吉""福""瑞"等等的字样。他有时也动员我来创作，我便挖空心思地用词，他帮着纠正和补充，居然合作出无数副对联。可惜都编了些什么早已忘却了。

早晨起来洗脸，然后把鸡放出去，夜晚时再把鸡圈回窝里，仿佛一天就过完了。我曾经养过一只野猫，它浑身灰毛，目光凶狠，蹿梁上瓦的，不得不把它拴在凳子腿上。然而它反抗得拽翻了凳子，弄得家里一团糟，只好让它回归深山老林。有一年夏天我看见一个喝卤水的女人被抬在井台边抢救，她披头散发的，因为跟丈夫吵嘴而想不开了。大家想给她灌井水，让她吐出卤水，我见她翻着白眼，嘴角吐着白沫，极其恐怖。

后来人们又说给她灌大粪汤，她一呕就能倾出腹中的卤水。这种提议使我分外恶心，于是远远走开。后来她终归未被抢救过来，被卤水点化成一摊死豆腐。从此后我去井台挑水就老是想起她的样子，所以不敢天黑时去挑水。也对人死前的狰狞状充满厌恶。直到一九八六年，我看着父亲平静地吐出一口长气，把最后的微笑永远地印在脸上，才摆脱了对死亡的生理反应。有些死亡是美丽而温情的。

永安没有高中，所以我必须到塔河去继续求学。我考上了县里的重点中学，塔河二中。永安离塔河有十几里的路，我只能寄宿在学校。

那是一间不过二十多平方米的宿舍，分上下两层铺，却住着十八名寄宿生。只有我离家算是最近的，其他的均来自更远的林场，诸如绣峰、瓦拉干、劲涛、十八站等等。我住在上铺最靠北的地方，仰头就是暖气管。因为最上面的三块玻璃朝向我，所以我闲来无事总是看看窗外。窗外有个长条形的大仓库，还有一个厕所，一个水房。景致单调，往来的行人也都灰突突的，实在没什么可看的。高中一年级时我的物理和化学就一塌糊涂，物理课一做滑轮车的实验我就头晕脑涨。而对化学课稍微有些兴趣，也完全在于看做实验时一些纸剂进了某种溶液会魔术般地改变颜色。在我的心目中，牛顿和居里夫人都没有鲁迅伟大，于是偏科得厉害。所以，高二分文理科时我兴高采烈进了文科班,不似其他人举棋不定,犹豫不决。那时我每周回一次家,周末沿着山路一个人走上十几里,通常是在黄昏的村口就能遇见远远迎来的父亲。家里把好吃的都留在星期天。星期天下午,母亲为我炒上一罐头瓶咸菜,然后把一周的伙食费给我。我就沿着山路再回到城里的学校。那时正是长身体的时候,一顿能吃掉两个馒头,晚自习回来后大家都觉得饿,于是把饭盒中剩下的凉饭吃掉,我的胃病就是那一时期落下的。那时我便开始写日记,在上面还胡乱地写一些自鸣得意的诗。所以功课抓得并不是很严。我总有种宿命的想法,想着考大学能考上当然好,考不上也不能去死,我就这么一个脑袋,要记住文科中那么多我并不很感兴趣的常识,可能一步登天吗?什么地理中的大气环流、京广铁路线上的城市名称,我一概记不清楚。还有历史上老是出现这个事件那个战争的,我又没身临其境,学时是记住了,可一转身就忘记了。家中看我每周来回走山路辛苦,就为我配置了一辆自行车。我每周把自行车骑回学校,放到校园旁的同学刘丽家中,然后再回去时就去她家推自行车。刘丽一家人待我胜似亲人。记得有一段时间因为泥泞小路不通了,我回家只能走大路。大路的山坡上有一座烈士陵园。我听过的许多鬼怪故事就是由那衍生出来的。说是有一个青年男人一骑车到这自行车就掉链子,这时就会有一个如花似玉的姑娘出来帮着修,这男子被她迷住了,未等结婚就把他的气血全部耗尽。当然,这类故事无论是鬼是人都没有姓甚名谁,但让人听后仿佛是确有其事。所以一骑到烈士陵园时,我就紧张得满头大汗,双腿发软,每碰到一个人都疑心那是鬼,不敢多看一眼。

我们女生宿舍的对面是教工宿舍,同样面积的屋子,只住着三个人,令我羡慕不已,其中有一名上海知青老师,叫朱哂之,她当时在《青春》上发表了一篇小说《消逝的旅伴》,令许多人赞叹不已。她常穿件烟色灯芯绒上衣,肤色白净,不爱说话。但我格外尊敬她。所以那一年的端午节,我赶在太阳升起前采回了滴翠的柳枝,吊上鲜艳的红葫芦插在她的门楣上。几年过去后,我们偶然相遇,已经回到上海电视台的她还谈起那个端午节,她说早晨一开门发现了柳枝和葫芦,她格外感动,觉得温暖洋溢在心头,只是不知道是谁为她插上的。当我告诉她是我时,她的眼睛漫上了泪水。后来她还为此写过一篇散文,发表在同年的《解放日报》上。

大约是朱哂之的成功给了我异想天开的勇气,在高考前夕我竟如醉如痴地炮制一篇小说,写一个女学生因高考落榜,承受不了家长的责难和社会的压力而自杀的故事。我让她投了河,因为我喜欢河流,那才是丁丁净净的女孩子的归宿。这小说当然幼稚得很,但写作的过程给我带来了无穷的乐趣。高考初考后,宿舍里大部分同学名落孙山,她们不得不流着泪打起行李回家。宿舍一下子变得清静起来，我有机会搬到下铺来住，可有一天早晨我醒来时却发现被窝里有一只被我压死的老鼠，这才知道地下的老鼠猖狂得不可一世。我又不是奶油蛋糕，它钻进我的被窝干什么？

父亲那时一心指望我能考上个大学为他争口气，所以一到城里开会就骑自行车来看我。有一次给我买了两斤长白糕，我不舍得吃，把它挂在柱子上，等到要去吃时，发现老鼠已经吃掉了一半，真是悔得肠子都要青了。高考前的半个月我才定下心来，对着各个科目进行最后的冲刺，期待能得到上帝的青睐，出那些我复习过的问题。高考的那天，一大清早母亲就骑车进城来看我，她给我买了几个煮熟的咸鸭蛋，让我吃了后好好考。结果那鸭蛋已经变质了，我吃下后未进考场就跑进了厕所，而且觉得心慌恶心，所以第一科考语文时就把作文写跑了题。从考场一出来，我就明白失败已经不可避免了。我很想怪罪母亲送来的那几个臭鸭蛋，但一想还是自己的脑袋臭，何况母亲一大早赶来，她那份望子成龙的心意我怎么能责备呢？我拉着痢疾参加完考试，然后心神不定地等待考分的下来。我知道结局不会理想，但还是盼望奇迹出现。分数下来的那天我父亲很晚才从城里回来，这其实已经等于告诉我，没有我期待的奇迹发生。果然，那一年我只考了二百九十八分，本来只够上中等专科学校，可大兴安岭师专中文系刚好那一年面向全地区的考生招生，降下好几个分数段，我才幸运地进入专科学校，也算是一个奇迹吧。当我接到那个高等学校录取通知书时，我爸爸兴高采烈地拉起了手风琴。

我离开故乡永安，离开父母，去加格达奇的大兴安岭师专求学。那年我十八岁，是第一次坐火车。那一届考入这所学校的同学很多，所以上了火车后并不觉得孤单。由于夜晚上车，硬座车厢里到处是恹恹昏睡的人，过道里肮脏不堪，关不严的厕所散发出令人作呕的恶臭，所以火车并没有给我留下美好印象。车窗上蒙了一层薄霜，我轻轻刮开一片霜，想看看窗外的景色，然而外面黑魆魆的，什么也看不清楚。偶尔火车"咔嚓"一声顿响停靠在一个小站上，急忙忙向外一望，不过是站台上一片昏黄的光线，一些人匆匆地下去或上来，很像是皮影戏中的人。心想外面的世界也不过如此吧。

火车到达加格达奇是次日凌晨。学校来了辆大卡车，把我们的行李扔上去，然后吆喝我们坐上卡车。天色还是灰蒙蒙的，我们经受着寒风肆无忌惮的袭击。这之后每当我在银幕上看见外国人开着跑车（敞篷的）在田野或海滩上兜风，便不免想起初冬时分瑟瑟坐在敞篷卡车上入学时的那种滋味。原本以为地区首府是个大城市，肯定到处是高楼，马路会多得让人分不清东西南北，不料卡车经过的地方除主干马路上有几座楼外，越向北走越荒凉。矮矮趴趴的房屋因为没有灯火的笼罩，看上去很像一片荒寂的坟场。卡车艰难地驶上一条长长的斜坡后，我们终于看到了山坡上一座孤零零的楼和几幢平房。这就是我们没有围墙的直接面对着山峦和草滩的学校。我们中文系的女生被教务处的人给领进一座黑屋子，走廊里有股煤烟味，但毕竟比外面暖和。这使得几乎冻僵的我们得以使手脚舒展一些。那天刚好断电，屋子里昏暗不堪，后来校长亲自擎着根白蜡进来，说欢迎我们到来。然后他对着那屋子里上下两层铁床铺上的标签一一念我们的名字，铺位早已安排好，大家各就各位就是了。我被叫到上铺，好不容易把笨重的行李弄上床，未等铺开就想家了。眼泪就吧嗒吧嗒地往下落，觉得委屈，这个学校的条件跟上高中时没什么两样，于是打开手电在光光的木板铺上把行李当成桌子给家里写信，想辞了这个学校，容我再回去读一年，考一所真正的高等学府。信写完后已是黎明，曙光透进屋子，奔波了一路的同学都在沉睡。我也不胜倦意地睡着了。一觉醒来，发现室内的十几个人都已起床，大家把脸盆和饭盒都取出来，纷纷打听厕所、水房和食堂的位置。我心想，大家都听天由命地开始正常的生活了，我再往回折腾干什么？再说能保证明年不再吃臭鸭蛋，能保证我在临场发挥时像新汽车的马达一样动力十足吗？我想起了母亲常挂在嘴边的话："心比天高，命比纸薄。""小姐的身子丫鬟命。"当然，她并不是说我,而是说着一个宿命的道理。于是我没有发出那封信,跳下床来打听如何去买饭,不管心情多么恶劣,我从不亏待肚子。

转眼到了第二年春天。我已经习惯了师专的生活,课程不紧,有很多的空闲时间可以自行利用。那年的春游给我印象很深,我们来到一个山清水秀的风景点,野餐,唱歌,打气枪,我第一次体验到射击给人带来的快感。那一天的阳光比河水还要清澈,我看见许多鸟在柳树林中盘桓鸣叫。我打着一把同学的碎花阳伞,在河畔的沙滩上拍了一张照片。那些光滑的鹅卵石总给我一种柔软的感觉,尤其是正午的阳光把它们晒热了的时候,我觉得它就是大自然赐予我们的天然火炕,躺上去舒服极了。你眯起眼睛,能感觉到清风在拂动睫毛,能听见河水持续的潺湲之声。那一天我被阳光暴晒了一天,回来后一位教汉语的老师说我"一天就晒黑了",我得意地笑起来,为了阳光能在我脸上留下纪念而自豪。不过事后又觉得那种被晒飞了的白净很让人怀念,因为大家以皮肤白皙为美。

中文系开的有些课很令我喜欢,如写作、古典文学、现代文学、外国文学。最讨厌的是逻辑课。因为我本身就是一个缺乏逻辑思维的人。那时便常去图书馆借书看,四卷本的《约翰·克利斯朵夫》在同学中传来传去,觉得罗曼·罗兰是这世上最伟大的作家。后来又读到普希金、拜伦、莱蒙托夫、雪莱的诗,把自己喜欢的句子摘抄到一个大笔记本上。后来又喜欢上了鲁迅、川端康成、屠格涅夫,觉得这世上伟大的人物太多了。夏天时我们总是仨一伙俩一串地在黄昏时分去散步,冬天时我则喜欢爬山。我喜欢在两山夹峙的沟谷中行走,因为那里坎坷不平,而且积雪深厚。若是一脚踏下去半条腿都陷进雪里,我就有一种冒了险的快感。我穿着笨重的棉袄棉裤,戴着自家做的棉手套,我们称它为"棉手闷子",是一个地地道道的山里姑娘模样。

我们读到二年级的时候,学生宿舍楼竣工完成,我们迁入新居,八人一间的宿舍显得豁亮、开阔多了。我们宿舍的八姐妹大部分都家居当地,只有我与好友孟玮离家千里。孟玮住在我上铺,她是我师专时代最相知的朋友。那时她很喜欢"教育学",读《圣经》和《忏悔录》,我希望她能在学业上有所建树,可惜毕业之后我们各奔东西,杳如黄鹤。前年我在加格达奇再见她时,她的膝下已有一个五岁的儿子了。

我们宿舍一向很整洁,大家相处也很融洽。我在那间宿舍里发生了一次"梦游"。据说有一天晚上我赤脚走到窗前,迷迷糊糊地对着窗外说:"桂花呢,我的桂花呢……"我说完后就上床接着睡觉。晚睡的孟玮把这一幕看在眼里,她第二天学给我说时,我以为她在杜撰。但一看她满面严肃,我才明白确有其事,这使我在相当长的一段时间里对我的精神充满不信任。我为什么要桂花？是朝月亮里吴刚砍下的桂花树来要吗？大约只有在花季的年龄才会发生如此的梦游吧。

一九八三年我便开始学写小说了。悄悄地在晚自习时写。经常是最后一个离开教室。外面满天的星斗总能使我仰头看上片刻。用"星汉灿烂"来形容北方的夜空一点也不为过。写了小说，我就在星期天时徒步进城，去邮局把稿子寄出。三次寄往《青春》的稿子均未有退稿，于是我便想到本省的《北方文学》。投过一篇稿子，竟然得到编辑宋学孟的回音，这使我格外振奋，他约我把稿子改了后再寄给他。也许是太急于求成，我改了三遍，一遍比一遍泄，最后它是彻底地失败了。我心犹不甘，扔下它又写了两篇小说，仍然是两枚涩果。很快就到了毕业的那一年，我一面痴迷不悔地充满自信地沉浸于创作之中，一面为应付各科的结业学分而炮制一篇篇的论文。就在这一时期，我开始了《北极村童话》的写作，它给我带来了成功和幸运。

如今，面对着黑白的毕业照，面对着十二年前的我的同窗，竟有许多人的名字我叫不出来了。不是我的记忆力早衰了，而是在校时我就喜欢独往独来，很难在热闹的场合看到我的影子，所以我并不是那种人缘极好的人。我蹲在前排的右下角，有几分忧郁和疲惫，并没有那种踏上工作岗位的自豪感。毕业前夕，我在地区实验中学实习，第一次走上讲台时，觉得讲桌上的阳光好极了，刚开始有些紧张，但几分钟后就能镇定自若了。我还记得实习的那一段是春季，满城飞着柳絮，我老是联想到六月飞雪斩窦娥的情景，仿佛远古的恩怨依附在了我身上。

师专的三年生活对我的人生是有重大影响的。我记得水泥甬道两边新栽种的孱弱的杨树，记得食堂的高粱米饭使我不止一次饭后呕吐，一把一把地吞吃胃舒平，记得我立志写作时，躲在蚊帐里趴在床上正写到酣畅处，别人不打招呼就把灯关掉了，而这时我连脚还没有洗，只有在暗夜中点起蜡烛，白色的蚊帐被熏成灰色的，我善于隐忍的性格也是在那时形成的。当然，这些对我来讲已经成为回忆，我想起往事时内心还是充满了温情。一九八四年我离开大兴安岭，参加《北方文学》在兴凯湖组织的小说笔会，当我扛着鱼竿高挽裤脚越过沼泽地去湖边垂钓时，看见无数水鸟在水面盘桓，一片无边无际的灰蓝色的湖面上跳荡着阳光、山影、鸟语和微风。那时我就想只要是只鸟，就能有自己的天空，就能在自己的天空中看到这世界的奇迹。

师专毕业后我被分配到家乡塔河。塔河县教育局又把我分回永安。爸爸当校长时，我是他的学生，那时他年轻气盛。十几年过去后，我成为一名教师，爸爸仍然栖居在永安当他始终不变的校长，可见他在仕途上是毫无长进的。"文革"时工宣队进驻学校,经常性地给学校停课,让学生们下田锻炼。我爸爸对这种做法极其反感,与之争吵起来。人家说:"工人阶级能领导一切。"父亲固执己见地说:"你们只能领导钢铁,不能领导教育。"结果这朴素的真理被当成大逆不道的话反映到上边,父亲被全地区的一纸通告批评给拉下马来,被弄到塔河粮库劳动锻炼。他在那干了两年,当装卸工,学会了吃生黄豆。有时他在黄昏疲惫地下工回来,中山装下面的两个口袋鼓鼓囊囊的,里面塞满了黄豆。我们说他这是"偷",他说在粮库上班的人都这样。扛麻袋使他的睡眠和食欲有了改善,而思想仍然冥顽不化,不肯向上面检讨自己的错误。这时节工人阶级领导着学生种了一茬又一茬的地,还响应毛主席的号召"到大风大浪里锻炼成长",硬是把不会水的学生往一个沼泽湖里赶,让他们经受风吹浪打。大概七十多高龄的毛泽东畅游长江使他们心潮澎湃了。结果那个俗称"狗鱼泡子"的湖淹死了一个学生,这项荒唐活动便不了了之。

我在父亲手下工作觉得万分别扭。因为开会时他要讲话,训斥别的教师时人家当着我的面不好回敬他,所以工作不到半年我又被母校塔河二中的崔寿田校长召回去,担任高考辅导班的语文教师。凡是未考上大学而又留校重新复习的理科生都在我的班里。我弟弟当时也是我的学生,我讲课时他总是低着头。我回家后对父亲讲了此事,并且说了弟弟几句。父亲为此大为光火，几乎推翻了正吃饭的桌子，冲我吼道："我还没死，轮不到你管他！"他有时会暴露出山东人的那种家长式的作风和暴躁脾气。

我父亲送给我一架手风琴，我不识谱，又未学过指法，居然有时也能拉上一两曲，按照现在的说法叫"跟着感觉走"。晚饭后的黄昏我常常胡乱拉上一会儿才去办公室备课。现在这架手风琴还伴随着我，成为父亲遗留下的唯一遗产和纪念。由于经火车托运来哈尔滨时打封不严，它的琴键被磕掉两个，不过那都是高音区的键子，我很少企及这个区域。每每想念父亲时，看一眼它，内心就有一种温暖而疼痛的感觉，想着父亲自如地拉着它时的动人神采。

我曾经求过学的地方，后来又都成了我工作的地方。当我开始发表小说作品后，大兴安岭师范专科学校又向我发出邀请，让我回中文系执教。于是我又只身来到加格达奇，教授中国现代文学。每周上两次"大课"（两节连在一起上），有充足的时间读书和写作。这时候的师专已粗具规模，有了宽阔的校园，另外一座教学楼也已建成。我穿着一套深蓝色毛料西装（教师服）去教那些与我同龄的学生，是一个标准的教师形象。然而回到教工宿舍的我完完全全又是一个小女子形象了，说笑不断，高兴起来手舞足蹈。我同室的孙毅亦是个才女，擅长书法、绘画、篆刻和摄影,所以这一时期留下许多充满生活情调的照片,都出自孙毅之手。那时我的信函量就比较大,每天从收发室回来都颇有"收获",因而读信的时候孙毅就设计了一个情节,让我把抽屉里另外几封旧信也拿出来散在桌上,做一次演员。因为读的不是情书,所以我表情漠然。我还为自己织过一套帽子和围巾,是纯白色的,用一种曲曲弯弯的线,可以掩盖针隙的不匀。这次是真正地织,可不是做戏,我坐在自己的床上,被子上苫着一块白色纱巾,穿一件绸质的银粉色的小棉袄。每次一倚墙,绸衣就与墙发出"嚓嚓"的摩擦声,那是种阴阳交错、刚柔相济的声音。因为墙坚固至极,而绸子柔软至极。我头也不抬地织着,内心充满阳光。虽然那时我在教工食堂吃饭,但因为有了条件,所以有时也自己做些可口的饭菜。当然,更多的时候我们是包饺子,然后喝点香槟或啤酒。我喜欢吃饺子,包的饺子个个都如弥勒佛的肚子一样圆,而且我包饺子的时候总是专心致志,这一习惯一直保持到现在。节假日我常常在厨房叮当剁馅,然后和面,戴上围裙忙得不亦乐乎。盛夏时吃热饺子喝冰镇啤酒绝对是一大享受。我常常变换馅的内容,将狍子肉里拌上香菜,将猪肉胡萝卜馅里打上西红柿汁。每一次改良都使喜新厌旧的胃得到一回满足。难怪李自成进京后声言要天天吃饺了,结果英雄无远见,把自己给吃败了。可见好东西也不能天天吃,糙米粗饭亦不可或缺。

每逢秋天的时候，师专对面的山上的榛树叶子就红了。虫鸣不再，大雁南飞，空气中有一股腐殖土的气息。就在那座山上，曾发生过一起著名的凶杀案。大兴安岭阿木尔林业局的童话作家卢培英死在这座山上。我从未见过卢培英，但听文联的人讲起过她，说她的童话写得很漂亮，出过书。还说她的男友是北京一所大学的博士生，正在德国留学。当时我还为此惋惜，心想远在海外的卢培英的恋人该会多么痛不欲生呀。然而事实是，卢培英的恋人顾光耀在京移情别恋，可卢培英不愿与之分手，对外谎称他已在国外。顾光耀是借应邀去长春参加一个学术会议之机将卢培英约至加格达奇的。他们在一起吃过饭，然后上山游玩，早已策划好这一切的顾光耀把她击昏后杀死，为了造成强奸假象，还扒下她的裤子，割下她的阴肌，而后洗净血手，把凶器扔进河水中逃回北京，与恋人去度中秋节。案情真相大白后，我有很长一段时间不敢到那座山上去，满山红叶时，这里曾有过血腥气。据说顾光耀非常有才华，他的导师因为他被判死刑而痛惜不已。卢培英与他相恋多年，为他堕过胎。很难相信一个高级知识分子会有如此残忍之举。看来女子的痴情会给自己带来不幸。顾光耀正法的那天，刚好我从哈尔滨归来，一下火车就见站前广场人山人海的，原来囚车正押着顾光耀缓缓通过。他矮矮的个子，面色惨白，我不明白当一个女人获知对方已不再爱她时，为什么还痴迷不悔？看来爱情是一种病。从此以后我对白脸的男人总是深怀警惕和敌意。不过我在如火的榛叶中微笑的时候,那座山还未被鲜血浸染。几年以后我与朱哂之在加格达奇重逢相聚时,她噙着泪花把一杯酒洒在地上,祭奠卢培英。巧合的是,朱哂之的丈夫也与顾光耀同名同姓,不过朱哂之的丈夫是真正地爱她,如今把她接到澳大利亚,他们过着幸福的生活。可见名字也只能是一个符号而已,同一的符号却有着不同的内容。

一九八五年开始我就陆陆续续出去参加一些笔会。笔会多半是在暑期举行,这样也就不会耽误了教学进程。不过有时也恰好赶到学期的尾声,校领导和中文系的同事也就格外照顾我,放我这匹野马出去撒欢。我喜欢山清水秀的地方,因为我就是从这样的地方成长起来的。青青的草地、浓绿的树林能使我的呼吸变得格外舒畅。记得一九八六年在哈尔滨附近的二龙山风景旅游点时,我手中拿着一束信手采来的小黄花,戴顶白色遮阳帽,有几分顽皮。那里有一片碧蓝的湖,我在此垂钓,还大有收获,所以直到如今我还常做钓鱼的美梦。有时那鱼脱了钩,有时它扬起尾巴打我的脸,有时竟然上了岸姿态娴雅地行走,梦中的鱼可谓姿态万千。事隔十年之后,我再次去二龙山时,发现多了许多亭台楼阁,湖水泛灰,那种荒山野趣无从寻觅,这不免使人怅然若失。自然没有变,是人把自然改变了;而人也不可抑制地改变了。乘坐在游船上游湖的时候,我不由得想起十年前的天空、阳光、野花、野餐和自己那张稚拙的笑脸。

那年从二龙山回到哈尔滨，我又去青岛参加《中国》举办的小说笔会。我选择了水陆交接的旅行计划。由哈尔滨乘火车至大连，然后由大连乘海船至青岛。到了大连，我就直奔码头，住进一间便宜至极的客栈。那是幢类似农贸市场摊床区一样的简易木板房，里面打了无数个格子，把空间分割开来。客栈里房间太多，且全都是一样的门脸，我常常迷失在里面，找不到自己的住屋。说话声总是嗡嗡响个不休，跟火车站的候车室没有什么区别。好在那时睡眠很好，绝对不影响我的休息。还有心情出去玩，去老虎滩，又去旅顺，瞻仰炮台，看黑石礁海滩上的渔人打捞海带。

我开头说过，一个人诞生前可能就有了灵魂，那时的灵魂似雨露清风一般清新。我还想，一个人在要离开人世前，灵魂又一次飞翔起来，这时的灵魂带着一种在人世凡尘辛苦走一遭后的沉重，所以它飞翔得徐缓，带着一种逃离苦难和亲情的曼妙的伤感，它在与云霞为伍时对曾经走过的大地怀有依恋感。人在临死前灵魂的周游在民间被称为"出窍"，他那里只留下一具躯壳，一口气在等待着他的亲人，而他的真魂已经去另一个世界了。

父亲在一九八五年底那个寒冷的冬天突然一病不起。当身为医生的二叔从塔河打来长途，对我说："你父亲得病住院了，你能不能回来一趟？"我冲口而出的竟是："他是不是得了脑溢血？"二叔吃惊地问："你怎么知道？"

我怎么知道？我至今也不知道为什么会准确无误地说出这种病，也许是由于祖父曾被它劫走，也许我粗略知道这种病的突发性的特点。接过长途我回到宿舍一边打点行装一边落泪，然后连夜坐着硬座赶回家乡。火车上寒冷至极，我一夜未曾合眼，想象着父亲如我这般年纪在来到大兴安岭时的那种苍凉感。凌晨下了火车后我被直接接进县医院的抢救室，我进去的一瞬父亲突然睁开眼醒来，他望着我含糊不清地说："你刚下火车，冷吧？"他的嘴有些歪，头枕冰袋，鼻孔斜插着氧气管。他接着又说："我知道，你给我买回了橘子。"

橘子在十年前的大兴安岭还是稀罕水果，我是在站前广场买的。我进了医院后并未打开包，他竟然知道旅行包里有着金黄的蜜橘，我心下凄然，知道他将不久于人世了，因为他的灵魂已经脱离了肉体，已经飞到加格达奇，引我去买橘子和回家。那时正值期末考试时期，只要是学校的老师进城来看他，而他又恰逢清醒时，他就询问考试的准备工作做得怎么样了，他至死还关心着他离不开的学校。那一段时间弟弟正逢高考复习，我们一般不打扰他，姐夫似亲生儿子一样每天都在床前精心护理父亲。父亲平素爱开玩笑,临终的前几天仍然结结巴巴地回忆他曾经历过的有趣的故事。我和姐夫轮流在夜间陪护,后来我在场他解手不便,所以姐夫几乎夜夜都不能离开。父亲这时便常常糊涂,有时还张口骂人,经常嚷着要回家而拔掉氧气管。有一次他又拔掉氧气管,我捺住他强行插上,摁住他的双手,我笑着说:"我看你再敢拔个试试。"他瞪大眼睛狠狠地看着我,忽然笑了起来,终于驯顺下来。父亲在抢救室接着出现第二次出血,这时主治医师宋雨春把我叫去,说是医院会竭尽全力,但病情不容乐观,让我做些准备。我明白他的意思。于是我偷偷哭过一场后去百货商店为他选购丧服,我还记得他喜欢穿烟色的衬衫,我为此跑了好几家商店,总算如愿以偿。接着又为他买袜子和鞋。而做这一切的时候又要背着母亲和脆弱的姐姐。我希望我所买的这些东西由父亲病好后来穿它。这些衣服被打点在一起,悄悄放在离医院很近的二叔家。

虽然我预感到父亲即将离去,但还是期待奇迹能够发生。有一天晚间我独自跑到医院锅炉房的空场上,不远处是太平房,天上寒星闪烁,我跪在煤渣地上朝天祈祷,希望它能把父亲留在人间。在我起身的一刻,一只夜行的黑猫突然从我身边跑过,朝太平房方向而去,我顿时心生寒意。

人在临死前的确是有回光返照。那天父亲出奇地清醒,面色也好看多了,母亲来看他时还以为他脱离了危险期。那一夜我仍和姐夫陪他。抢救室的天棚和墙壁上因为潮湿而有水珠，喜阴的灰色瓢虫爬来爬去的。我关上灯躺下后老是心神不宁，于是又打开灯起床看了看父亲，把耳朵附在他头旁，听见他均匀的呼吸声后这才又一次躺下。然而我仍然无法入睡，烦躁不已，夜半时又一次拉开灯，也许是日光灯的原因，我觉得父亲的脸色很灰，姐夫安慰我说这是胡思乱想的缘故。两次开灯均没有扰醒父亲，这使我很吃惊，他睡得实在太沉了。我觉得不对头，就去喊值班护士，护士来后给父亲测了心跳和血压，说并无异常，然后打着哈欠回值班室。大约又过了一个小时，我仍然心慌得厉害，于是又去看父亲，总觉得他的脸色灰得可怕。我拍了拍他的脸，喊了一声："爸——"他只是沉沉地睁眼看了我一下，复又疲惫地合上。于是我又去叫护士，这次血压和心跳都不正常了，护士有些慌乱了，于是我撒腿就跑出医院，在黑暗的小巷中奔跑着去叫身为医生的二叔。等我再回到医院时，父亲的瞳孔已经扩散，姐夫连忙回家去叫母亲和姐姐，而二叔则打电话通知我弟弟尽快赶来。母亲事后说姐夫回家敲门时，她刚做了个梦大汗淋漓地醒来，梦见家里的房子坍塌了，一堆瓦砾压住她，使她透不过气来。她们赶到医院时医生正在竭力抢救，父亲的气息微弱至极，而身为独子的弟弟仍未赶来。我心急如焚地跑到医院的大门口，突然远远看见一个在寒风中骑车而来的影子，知道那是弟弟，我的眼泪就下来了。他扔下自行车跑进抢救室，就在我们进门的刹那间，就是那一瞬，父亲吐出一口长长的气，终于抛下了我们。他吐完最后一口气后脸上出现了明显的笑容，这笑容凝固着，使死亡的阴影冲淡了。就在父亲咽气的那一刻，我母亲痛哭后眼睛里忽然出现一枚红红的圆点，像粒相思红豆，我一直以为那是父亲的灵魂栖居在那里。直到父亲入土后，母亲眼里的红点才猝然消失。为此我写过一篇《白雪的墓园》，这是母亲最喜爱读的一篇小说。父亲去世时及时穿上了簇新的衣裳，这也使我母亲的心得到了某种安慰。

父亲过世后母亲一直寡居，至今没有再嫁。我很希望她还能有一个美好的归宿，但我又相信对父亲的回忆会笼罩她的下半生，她无法忘却多才多艺的他。如今她把全部的爱和精力都放在我们下一代的身上了。我还记得父亲去世后的第二年，是阴历七月初七，七夕节，牛郎织女相会的日子，我深夜起完夜后迷迷糊糊走进母亲的居室，睡在她旁边。而我睡的那个位置原本是睡着我父亲的。然而才躺下不久，我就觉得有人不停地挤我，想把我挤下床，我便也推这个人，这时我清清楚楚听见父亲说话了："挤什么挤，我一年才回来一次。"

我一骨碌从床上坐起，天已蒙蒙亮了，我推醒母亲，对她讲了刚才所经历的一切，我不认为那是梦，因为被挤的滋味还在，父亲的话仍在耳畔余音袅袅。母亲听后淡淡笑着说："今天是牛郎织女相会的日子,你爸爸回来了。"

我连忙说对不起爸爸,我并没有要占你的位置,于是赶紧逃回后屋,留下他和母亲在一起。我回到自己的屋子不由得想:父亲的灵魂还是那么浪漫。

父亲去世后我曾写过这样一首诗:

> 他离去了
> 亲人们别去追赶他
> 让他裹着月光
> 在天亮以前
> 顺利地走到天堂
> 相信吧
> 他会在那里重辟家园
> 等着被他一时丢弃的你们
> 再一个个回到他身边
> 他还是你的丈夫
> 他还是你的父亲

可惜没有人拍下父亲过世后那张微笑的脸,他大约怕他的死吓着他疼爱的儿女们,所以才把永恒的微笑留给我们。

图书在版编目(CIP)数据

云烟过客 / 迟子建著. —杭州：浙江文艺出版社，2022.1(2024.2重印)
 ISBN 978-7-5339-6669-0

Ⅰ.①云… Ⅱ.①迟… Ⅲ.①散文集—中国—当代 Ⅳ.①I267

中国版本图书馆CIP数据核字(2021)第223420号

责任编辑　邓东山
责任校对　唐　娇
责任印制　张丽敏
装帧设计　尚燕平
营销编辑　张恩惠

云烟过客

迟子建　著

出版发行	浙江文艺出版社
地　　址	杭州市体育场路347号
邮　　编	310006
电　　话	0571-85176953(总编办)
	0571-85152727(市场部)
制　　版	杭州天一图文制作有限公司
印　　刷	浙江新华数码印务有限公司
开　　本	880毫米×1230毫米　1/32
字　　数	147千字
印　　张	7.75
插　　页	2
版　　次	2022年1月第1版
印　　次	2024年2月第13次印刷
书　　号	ISBN 978-7-5339-6669-0
定　　价	45.00元

版权所有　侵权必究
(如有印装质量问题,影响阅读,请与市场部联系调换)